바그다드 카페에서
우리가 만난다면

바드다드 카페에서 우리가 만난다면

초판 1쇄 인쇄 2022년 11월 22일
초판 1쇄 발행 2022년 11월 28일

지은이 황주리
펴낸이 정해종

펴낸곳 ㈜파람북
출판등록 2018년 4월 30일 제2018-000126호
주소 서울특별시 마포구 토정로 222 한국출판콘텐츠센터 303호
전자우편 info@parambook.co.kr **인스타그램** @param.book
페이스북 www.facebook.com/parambook/ **네이버 포스트** m.post.naver.com/parambook
대표전화 (편집) 02-2038-2633 (마케팅) 070-4353-0561

ISBN 979-11-92265-84-1 03810
책값은 뒤표지에 있습니다.

바그다드 카페에서
우리가 만난다면

황주리 그림 장편소설

파람북

작가의 말

나는 편지쓰기를 좋아하는 어린이였다. 어쩌면 받는 사람이 누구인지는 중요하지 않았던 것도 같다. 펜팔로 알게 된 친구에게, 국군장병 아저씨께, 나는 늘 진심을 다해 편지를 썼다.

오랜 시간 뉴욕에 살면서 많은 사람들과 편지를 나누었던 것도 같다. 지금도 서랍 속에서 추억의 용수철처럼, 낯선 편지들이 튀어나온다. 그때는 무척 가까웠던, 하지만 언제부턴가 보지 않게 된 친구의 편지, 심지어는 누가 보낸 편지인지 전혀 알 수 없는 편지까지.

이럴 때 나는 '칼릴 지브란'의 이런 문구를 떠올린다.

"그러나 추억은 바람 속에서 잠시 속삭이는 가을 낙엽이지만, 나중에는 더 이상 들리지 않게 된다."

몇 년 전 페이스북 친구 요청을 해온, 아프가니스탄에 거주하는 미국인 외과 의사라는 사람과 두 번쯤 메시지를 주고받은 적이 있다. 전쟁과 테러 분위기를 표현하는 어렵지 않은 그의 말들은 영어로 읽어도 실감났다. 그즈음 그런 메시지들이 유행이었고, 나중에 보면 다 거짓말이고 얼굴 보러 한국에 오겠다, 사랑한다, 그러다가 돈을 빌려 달라 한다는, SNS 사기를 조심하라는 소문이 떠돌았다. 나는 만일 그가 테러의 한가운데 있는 진짜 의사이고, 오래전 스치듯 본 적이 있는 누군가와 함께 뉴욕 맨해튼의 어느 극장에서 우연히 따로따로 앉아 영화《바그다드 카페》를 동시에 보았다는 상상을 설정해보았다. 스쳐 간 인연의 이야기 뼈대에 상상의 살을 붙여 서간체 소설을 써 내려갔다.

영화《바그다드 카페》는 1987년 내가 처음으로 뉴욕 맨해튼에 도착한 지 얼마 안 되었을 때 보았던 작고 따뜻한 힐링 영화다. 엉망진창인 세상을 작은 마법으로 위로하는 그 영화는 실제 '바그다드'와는 관계도 없는 '라스베이거스' 근처의 모하비사막 한가운데 모텔과 주유소를 겸하는 허름한 '바그다드 카페'에서 일어나는 이야기이다. 내 생애 가장 고독했던 시절, 그때는 몰랐지만 그래서 더욱 아름답던 시절, 내 어깨를 어루만져 준, 작지만 큰 메시지를 남겨준 영화《바그다드 카페》로부터 이 편지는 시작된다.

이 책은 상상의 대상을 향한 끝나지 않는 편지, 사랑과 불안과 전쟁과 평화, 그리고 불멸의 이야기이다. 주인공을 의사와 화가로 정한 건 시대의 상처를 치유하는 상징적인 의미에서다. 굳이 분류한다면 이 책은 페이크 다큐(fake documentary) 서간 소설이라 할 것이다.

팬데믹 이전의 테러가 범람했던 시절, 세상 곳곳에 집단테러가 일어나고 이슬람 국가 IS가 전 세계의 젊고 외로운 늑대들을 전쟁 속으로 유인하던 극도로 불안한 세상에 관한 서사이다.

세상은 늘 휴전 중이고, 아직도 전쟁은 계속되고 있다.

인간성의 진화의 불가능함에 대한 절규, 그러나 그럼에도 불구하고 고통의 사이사이 일상의 아름다움을 노래하는 희망과 치유의 편지들을 마치 내가 주인공이듯 절실하게 써 내려갔다. 편지를 주고받은 상상의 인물들은 실제로는 존재하지 않지만, 이 편지들로 인해 주인공 두 사람은 이 세상에 실제로 있었던 것만 같은 존재감을 지닌다.

너와 나, 우리 모두가 주고받은 편지, 이제는 길게 쓰지 않는 사라진 손편지의 추억, 그 속에 나와 당신, 우리 모두가 사실인 듯 아닌 듯 숨어있다. 우리가 모두 사라진 뒤에도 편지들은 어느 서랍 속에선가 꿈을 꾸고 있을 것이고, 그렇게 추억은 가을바람 속에서 잠시 속삭이다가 나중에는 더 이상 들리지 않게 될 것이다.

그러나 그럼에도 불구하고, 이 편지들은 이 시대 살아있는 날들의 꿈과 현실을 넘어선 초현실적 대화이며, 아직도 나는 대상 없는 대상을 향해 계속 편지 쓰는 중이다.

2022년 늦가을

황주리

차례

2장 장엄한 폐허

3장 총성과 음악

4장 사랑과 불안의 책

1장 Mr. A

행복은 가끔 무료함이라는
불행의 얼굴을 하고,
불행은 가끔 살아있다는 것만도
축복이라는 행복의 얼굴을 하고
우리들의 일상을 찾아와요.
그래서
드물게 세상은 공평하기도 하죠.

#1

당신을 기억하는 사람

당신이군요. 당신 맞아요. 박경아, 그게 당신의 이름이군요. 페이스북을 보다가 우연히 당신을 발견했습니다. 오래전, 당신을 뉴욕 소호에 있는 어느 화랑에서 처음 보았답니다.

정말 세월이 많이 흘렀습니다. 내 기억 속의 당신은 검고 긴 머리에 가는 뿔테 안경을 쓰고 있었습니다. 아마 당신은 나를 기억하지 못할 것 같습니다.

나는 뉴욕 브루클린에서 태어나자란 외과 의사입니다. 부모님들은 아프가니스탄이 고향인 이민 2세들이죠. 어릴 때부터 그림 그리는 걸 좋아했습니다. 화가가 꼭 아니더라도 예술 같은 걸 하고 싶었답니다. 소설을 쓰든지 싱어송라이터가 되든지 춤을 추든지 뭐 다 같은 거겠지만요, 그중에서도 그림, 참 설레는 단어입니다. 세상에는 별의별 새로운 장르의 작품들이 넘치지만 나는 당신의 작품이 그림이라서 좋았습니다. 때로 그림은 그 어떤 현대적 예술 장르와는 다른 그림만의 위안을 줍니다. 첨단 현대미술인 영상 설치작품 등과는 다른, 엄마의 뱃속에서 태아가 느끼는 편안함의 기억 같은 거랄까?

전시장에서 본 당신의 그림은 그냥 딱 내 마음 같았습니다. 나는 전시장 한가운데 서 있는 당신에게 주저하며 다가가서 물었습니다. "Where are you from?" 당신은 한국에서 온 화가라고 답했습니다. 그 어눌한 목소리를 아직도 내가 기억한다면 믿을 수 있을까요? 그 뒤로 다시 전시장을 찾았지만, 당신은 없었습니다. 주말마다 들렀지만 대개 당신은 그곳에 없었고, 한두 번은 많은 사람들 사이에 둘러싸여 있어 가까이 갈 수가 없었답니다. 그 뒤로 소호에 갈 때마다 혹시나 당신을 만날까 하고 거리를 서성였습니다.

그 시절 본 영화 〈바그다드 카페〉가 생각납니다. 어쩌면 당신이 내 편지에 답을 줄 수 있다면, 우리들의 SNS 만남의 장소를 '바그다드 카페'라 부르고 싶습니다.

당신도 보았을까요? 그 영화 〈바그다드 카페〉, 왠지 당신의 그림 속에서 나는 '바그다드 카페'를 보았습니다. 그때 당신을 처음 만났을 때 연락처라도 받았다면, 그래서 만에 하나 기적처럼 우리가 연인이 되었다면, 내가 지금도 아프가니스탄의 사막에서 매일 총에 맞아 들어오는 환자들을 돌보고 있을까? 이런 말도 안 되는 상상은 내게 휴식을 줍니다. 수많은 환자들의 상처를 돌보는 일로 하루를 마감하며,

왜 이 낯선 곳까지 왔는지 나 자신도 모를 때가 있답니다.

어느 비 오는 토요일 오후, 당신의 그림이 전시된 맨해튼의 화랑에 다시 한번 들렀습니다. 이미 전시는 끝났고 당신은 어디에도 없었습니다. 쓸쓸한 마음에 소호 거리를 거닐다가 혼자 들어가 보았던 영화가 〈바그다드 카페〉였습니다. 며칠 전에 다시 그 영화를 보았네요.

병원에서 환자들을 위해 대형 스크린을 설치해서 보여 준 영화가 바로 그 영화였습니다.

반가워서 눈물이 날 것 같았습니다. 영화를 보다가 엉뚱하게도 내게 떠오른 얼굴은 긴 머리에 어눌한 영어 발음이 인상적인 한국 여자, 당신이었습니다. 그 시절 그때는 그저 'Bak'이라고만 기억했던 그 이름, 그 얼굴을 그 많은 세월이 흐른 뒤 페이스북에서 발견하다니, 정말 좋은 세상입니다. 사진으로 본 당신 얼굴의 느낌은 그리 변하지 않았습니다. 아니 내가 기억하는 건 사실 당신의 얼굴이 아니라 그림에서 맡을 수 있었던 그 영혼의 향기 같은 건 아닐지.

아직도 그림을 계속 그리고 있다니, 당신은 행운아입니다. 이 세상에서 화가보다 행복한 직업이 있을까요? 하긴 그림을 그려 밥벌이를 하지 못한다면 그건 직업이기보다는 사치스러운 취미겠지만, 그림 그리는 일의 사치, 나는 그걸 부러워합니다.

마침 같이 근무하는 한국인 의사가 한국에 관해 많이 알려주네요. 참 살 만한 나라라고.

당신이 그곳에서 평화롭게 살고 있는 걸 알게 돼서 난 참 행복합니다.

그럼 안녕히.

_ 당신을 기억하는 사람 A

#2

안젤리카 극장에서

망설이다 답장 씁니다. 놀랍게도 그렇게 많은 세월이 흘렀는데도 당신이 알아본 박경아입니다. 제가 당신의 얼굴을 기억한다면 믿으실까요? 제 삶 속에서 가장 힘들었던 어느 봄날, 당신이 갤러리 안으로 걸어 들어왔습니다. 절망이 일상이던 날들, 당신이 내 그림을 바라보던 그 눈빛은 그 뒤로도 한동안 제 기억 속에 남았었지요. 당신은 제게 그림을 하나 사고 싶다고 말했습니다. 그리고 며칠 뒤 제가 없는 사이, 그렇게 오래도록 바라보던 작은 그림을 사 가셨더군요. 세상에 태어나 처음으로 팔아 본 그림이었습니다.

그 그림을 아직도 가지고 계시는지요. 당신이 그림을 샀다는 사실을 안 뒤 제게는 작은 희망이 생겼습니다. 누군가 나와 소통하고 있다는 외롭지 않은 느낌, 따뜻한 피가 차가운 내 몸속으로 수혈되는 그런 순간의 기분이랄까요. 당신이 다시 올지 모른다는 생각으로 전 그 외로운 봄날, 마냥 가슴이 설레었습니다. 그 설렘을 돈으로 살 수 있다면 저는 기꺼이 사겠습니다. 하지만 돈으로 살 수 없는 많은 것들이 저를 슬프게 합니다. 지나간 세월, 젊음, 사랑했던 사람들, 가족, 당신은 가족이 있으신가요? 우리가 처음이자 딱 한 번 마주쳤던 그 날, 저도 〈바그다드 카페〉 그 영화를 보러 갔답니다. 예술 영화를 주로 상영해주던 소호 근처의 작은 극장 '안젤리카'는 그 시절 제 외로움을 위로해주던 참 고마운 존재였어요.

중국인이던 남편이 동성애자란 걸 알게 된 건 결혼한 지 한 삼 년쯤 되었을 때였어요. 참 외롭던 날, 호의로 가득 찬 당신의 눈빛에 저는 울고 싶었어요. 세상에 나를 이해하는 단 한 사람이 바로 눈앞에 나타났다는 과장된 느낌에 사로잡혀 며칠이 지나갔답니다. 영화 〈바그다드 카페〉 속의 여주인공처럼 그 시절 저도 좀 뚱뚱했어요. 뚱뚱한 여주인공이 무거운 가방을 끌고 뜨거운 사막을 걸어가는 장면, 그 배경음악인 〈Calling You〉 그 시절 누구나 반하지 않을 수 없던 노래, 그 영화 속의 주인공이 저랑 너무 닮아서, 아니 그때 내 맘이랑 너무 닮아서 그 후로도 몇 번이나 더 보았네요.

그 영화를 본 후 저는 한동안 마술을 배우러 다녔어요, 영화 속의 뚱뚱한 주인공이 주유소 모텔에 투숙한 손님들에게 마술을 보여주는 장면이 너무 좋아서요. 마술이든 밥이든 음악이든 그림이든, 아니

가장 힘이 센 돈을 배고픈 사람들에게 나눠주는 일은 얼마나 행복할까요?

인간은 모름지기 그렇게 살다 그렇게 죽어야 옳다고 생각해요. 말처럼 쉽지는 않겠지만요.

아무도 배고프지 않고 아무도 춥지 않은, 아니 사람뿐 아니라 개도 사슴도 사자도 호랑이도 판다도 돼지도, 세상의 모든 동물들과 식물들이 다 평화롭게 공존하는 세상을 꿈꾸어 보곤 해요. 아, 세상에서 가장 선한 소와 닭을 빼먹었네요. 그 착한 동물들은 그저 제 몸 다 바쳐 인간을 위해 사는 데도 대접도 못 받고 살다 가지요. 고기에다 달걀에다 아침에 깨우는 알람 소리까지 들려주는 닭보다 못한 인간들을 저는 혐오해요. 그 시절 제 남편이 그런 사람처럼 느껴졌어요. 동성애자라 해도 그렇게 타고났다면 어쩌겠어요. 결혼하기 전에는 전혀 나빠 보이지 않았던 제 남편은 저를 많이 실망시켰어요. 남편을 죽여 영화 속의 사막에 파묻고 싶었어요. 바로 그 순간 제 앞에 나타나 온 마음이 담긴 눈빛으로 내 그림을 좋아한다고 말해준 모르는 당신.

그 시절, 저는 너무 가난하고 너무 외로웠습니다.

당신의 이름이 A로 시작되었다는 기억, 이후로도 가끔 제 삶이 힘들 때마다 그 이름을 떠올렸답니다. 어쩌면 자주….

#3

그림은 힘이 세다

당신이 나를 기억하다니, 너무 행복해서 오늘 하루 종일 환자들을 향해 미소를 지었습니다.

너무 급작스러운 편지를 보내 당신이 거부감을 느끼지는 않았을지 걱정이 되어 잠이 오지 않았답니다. 극한 상황에서 감정은 증폭되기 마련이죠. 당신이 내게 참 가까운 사람처럼 느껴졌습니다. 그 작은 그림이 얼마나 나를 행복하게 했는지 당신이 안다면, 당신의 표현대로 내 이런 과장된 반가움을 이해하리라 믿습니다. 그 작은 그림을 난 어딜 가든 가지고 다녔습니다.

지금도 내 작은 방에 걸려있네요. 어쩌면 매일 눈뜨면 보고 잠들 때 보는 그 그림 때문에 당신을 늘 기억하는 건지도 모르겠어요. 사물이 환기시키는 기억의 힘이란 너무도 커서 사람이 죽어도 그가 남긴 물건들은 끈질기게 살아남죠. 그중에서도 가장 힘이 센 사물이 그림이 아닐까 합니다. 세상에 태어나 처음으로 사 본, 당신의 그림이 환기시키는 어떤 서정의 힘으로 아직까지 살아있다고 말하면 당신이 웃을까요? 곳곳에서 일어나는 자살 폭탄 테러로 심한 상처를 입은 사람들이 하루 종일 실려 들어오던 날들을, 이곳이 지옥이려니 하고 보냈습니다.

나 스스로 걸어 들어 온 지옥, 이곳이 지옥이라 해도 아니 이 세상 그 어디라 해도 보람과 낙을 찾으며 살아가자고 결심한 게 언제였는지 이제는 기억도 나지 않습니다. 어쩌면 소호의 작은 갤러리에서 당신을 처음 보았던 그때쯤이었을까요? 그러니까 당신과 나의 슬픔이 겹쳐지던 시절이었나 봅니다. 그즈음 아내는 사랑하는 사람이 생겼다며 내 곁을 떠났습니다.

어쩌면 내가 너무 일만 하느라 바빴던 탓일까요? 떠나면서 아내는 말하더군요. 당신과 가치관과 뜻이 맞는 사람을 만나 행복하라고. 자기는 이기적이고 평범한 여자라 타고난 휴머니스트와 평생을 같이 하기엔 그릇이 너무 작다나 뭐라나 그러면서요. 그때는 핑계라 생각했는데, 이제는 이해합니다, 제 아내를, 아니 이 세상 모든 사람의 마음을.

우리가 같은 시절 같은 영화 〈바그다드 카페〉를 좋아했다는 우연만으로도 가슴이 벅차오릅니다. 지금 계절은 봄이고, 당신의 나라엔 아니 내 고향 뉴욕 브루클린에도 꽃잎들이 눈처럼 떨어지겠죠. 그 옛날 아내는 꽃가루 알러지를 심하게 앓았어요. 내가 "아 꽃눈이다. 너무 좋다." 하면 그녀는 눈물을 흘리며 "봄은 지옥이야." 했어요. 그녀가 지옥이 뭔지 알기나 할까요. 이곳에서 고통스런 환자들과 매 순간 대하다 보면 지옥이라는 단어는 차라리 로맨틱하게 들립니다.

오늘 친하게 지내는 한국인 의사가 '버스커 버스커'가 부르는 〈벚꽃 엔딩〉이라는 한국 노래를 들려줬어요. 그 노래를 들으며 당신을 생각했네요. 왠지 내 맘을 알아줄 것만 같은 당신, 그 옛날 우리들의 아픔이 겹쳐지던 날, 우리가 영화 〈바그다드 카페〉 속의 연인들처럼 그렇게 만났다면, 낯설면서 매력적인 한국 노래 〈벚꽃 엔딩〉에서처럼 당신과 내가 벚꽃 흩날리는 봄밤을 함께 걸을 수 있었다면, 이런 상상은 언제나 나를 행복하게 합니다. 〈바그다드 카페〉를 보았던 그 고독했던 봄날이 전생처럼 까마득하게 느껴지는 2016년 봄날에 박경아, 당신의 얼굴을 그려봅니다.

그 시절 첫눈에 반해 사버린 당신의 그림은 지금도 내 눈앞에서 수호신처럼 나를 지켜주고 있습니다. 매 순간 죽음을 상기시켜 주던 위험한 시간들 속에도 당신의 그림을 바라보면 갑자기 마음이 편안해졌답니다. 이 그림이 무엇을 의미하는 것인지는 그때도 지금도 잘 알 수는 없지만, 고독하지만 순수한 열정을 지닌 세상에서 하나밖에 없는 그림, 하나밖에 없는 당신, 밤하늘의 수없이 많은 별 중에서 '당신'이라는 별을 불러낼 수 있는 이 신기한 만남의 장소, SNS가 있다는 게

꿈만 같습니다. 당신의 그림을 가방 속에 넣고 서부로 떠난 나는 한동안 이 도시 저 도시를 배회했습니다. 라스베이거스를 지나가면서 왠지 영화 속처럼 고속도로 주변에 진짜 '바그다드 카페'가 있을 것만 같아 서성였던 기억도 엊그제 같습니다.

생각해보니 그 시절 바그다드 카페는 그 어디에도 아닌 내 마음속에 있었습니다. 외로운 마음, 사랑을 그리는 마음, 그 귀한 마음들을 아직도 조금이나마 간직하고 있다면 그건 내가 갖고 있는 당신의 작은 그림 때문인지도.

평안한 하루를 보내길.

_ 당신을 기억하는 A

#4

Calling You

당신의 모든 것이 궁금합니다. 우리가 똑같이 불행했던 시간들마저 그리운 지금입니다.

우리가 아쉽게 스쳐 간 그날들에 어디서나 흔히 들을 수 있었던 〈바그다드 카페〉의 주제가 〈Calling You〉가 휴일 오후 문득 라디오에서 흘러나왔습니다.

내가 기억한다고 생각하는 당신의 목소리, 서툰 영어로 그림 설명을 해주던 그 어눌한 목소리, 아주 짧은 섬광처럼 스쳐 지나간 기억들 중에 당신의 목소리가 저장되어있습니다. 마치 무더운 날에 잠시 뿌려준 비가 그친 뒤의 무지개 같은, 하지만 아무 데서도 다시는 찾을 수 없었던 드문 향기 같은, 갑자기 당신에게 전화를 걸고 싶던 내 엉뚱한 마음이 지금도 또렷이 기억납니다. 당신의 목소리가 들릴 것 같던 그런 봄날들, 그렇다고 제가 당신을 만난 이후 그 어떤 사람도 사랑하지 않았다는 건 아니에요. 당신은 그림을 그리는 사람이니까 이해하리라 믿어요. 그런 알 수 없는 마음들을.

당신을 스쳐 간 이후, 짧은 순간이나마 애틋한 마음을 느꼈던 상대들은 다 당신을 생각나게 했습니다. 당신이 그린 그림을 내가 머무는 방 어디에나 걸어놓은 뒤 당신은 내게 결코 타인이 될 수 없었는지 모릅니다. 그 뒤로도 마치 패키지여행 같은 빤한 연애를 몇 번 했지만, 그렇게 짧고 가벼운 연애가 끝날 때마다 당신은 내 마음속 어디선가 용수철처럼 튀어나왔습니다. 언젠가 정신과 의사인 친구에게 상담을 한 적이 있습니다. 한 번밖에 본 적 없는 낯선 동양 여자가 세월이 흘러도 잊히지 않는다면 병이 아닌지. 친구는 말하더군요. 잊히지 않는 존재가 있다는 건 행복한 일이라고.

그게 사람이든 동물이든 식물이든 그림이든, 잊히지 않는 존재가 있다는 게 바로 살아있다는 거라고. 페이스북에서 당신을 발견했을 때, 난 오랜만에 살아있다는 생각이 들었습니다.

조금 전 라디오에서 〈바그다드 카페〉의 주제가 〈Calling You〉를 듣는 순간 내가 아프가니스탄의 바그람에 있다는 사실을 깜빡 잊었답니다. 당신과 함께 커피를 마시며 바그다드 카페에 앉아있는 상상, 이 상상이 실제가 아니라 해도 즐거운 저녁입니다.

_A

안녕하세요? A라 불리는 사람.

그 시절 저는 영어는커녕 모국어인 한국어도 더듬거리곤 했어요. 어릴 적부터 말을 더듬던 내가 이렇게 말을 잘할 수 있게 된 건 기적이에요. 한 이백 년 거뜬히 살아낼 수 있다면 네 나라말쯤 해낼 수도 있을 것 같은데, 아니 진짜 영원한 사랑을 만날 수도 있을 것 같은데,

하지만 우리에게 실망을 주었던 스쳐 간 사랑들도 알고 보면 다 애틋한 우리 삶의 얼룩들이지요. 제 인생에 가장 또렷한 독서의 기억은 윌리엄 포크너의《음향과 분노》였어요.

말을 더듬는 정신지체장애인의 웅얼거림으로 표현되는 삶의 고통과 분노와 그 사이사이로 스며드는 일상의 사소한 즐거움들이 얼마나 내 마음 같았는지, 세상의 소음들은 각자의 소리로 분류되어 예민하게 제 귀에 꽂혔어요. 그 고독한 소리들을 그림으로 그려낸 게 제 작품일지도. 제 그림이 당신께 위로가 되었다는 것만으로도 제가 헛산 건 아닌 것 같네요. 하긴 누군들 헛살겠어요? 그 누구의 삶도 헛되지 않기를. 아니 어쩌면 삶 자체가 허송세월이라 해도, 살아있는 날까지 성실하기를. 이런 말이 생각나네요.

"성실함은 별 대단한 걸 가져다주지 않는다. 하지만 삶을 잘 살아내는 방법은 성실함 뿐이다."

_장 뤽 고다르

#5

고통의 파티

친애하는 당신, 내가 늘 바라듯 오늘도 행복했나요? 행복이라는 게 뭔지 오래도록 잊고 있었습니다. 하긴 죽어가는 사람을 살렸을 때의 행복한 기분은 그야말로 최고죠. 하지만 그 반대의 일이 더 흔하게 일어난답니다. 지뢰를 밟아서 몸의 일부를 상실한 채 피투성이가 되어 실려 들어오는 사람들을 볼 때마다 나는 파티를 생각합니다. '지금은 한참 무르익어가는 삶의 파티 중이다. 이 고통의 파티 속에서 나는 신나게 춤을 추는 중이다. 나의 춤은 바람 속의 등불처럼 위태롭게 흔들리는 목숨 하나라도 더 구하는 일이다.' 팔다리가 잘린 채 실려 들어오는 어린아이들을 볼 때마다 나는 신이 없다는 걸 매 순간 확인합니다.

오늘은 아침에 일어나 맨 처음 확인한 뉴스에 가슴이 덜컹 내려앉았습니다.

'미국 플로리다주 올랜도 나이트클럽에서 총기 난사 사건으로 50명이 숨지고 53명 이상이 다쳤다. 미국 역사상 최악의 총기참사다. 수십 발의 총성이 울렸지만 적지 않은 사람들이 이 소리를 음악으로 착각했고, 사람들이 비명을 지르며 사방으로 흩어지기 시작해서야 상황의 심각성을 깨달았다. 용의자는 86년 뉴욕 출생으로 아프가니스탄에서 미국으로 이민 온 부모 사이의 아프가니스탄계 미국인 29세 '오마르 마틴'으로 총격전 끝에 사살되었다. 2009년 결혼한 그는 다른 범죄 기록이 없다. 이슬람 극단주의에 경도된 테러 행위로 보이기도 하나 일단은 불특정다수를 겨냥한 국내 테러 행위로 보인다. 유명한 게이 전용 나이트클럽에서 벌어진 테러라 성 소수자를 겨냥한 증오범죄 가능성도 저버릴 수 없다.'

맙소사 '오마르 마틴', 그는 내 이웃이었습니다. 그의 부모님과 우리 부모님은 나이 차는 많이 나지만 가깝게 지내는 사이였습니다. 어린 시절의 귀엽던 오마르, 그 얼굴이 눈앞에 선하네요. 결혼식에도 갔었는걸요. 어릴 적 다른 아이들과 별다른 점 없어 보이던 오마르가 왜 그런 일을 저질렀을까? 뉴스 중 내 귀를 멈추게 한 건 "사람들은 총격범의 손에 들린 총에서 불이 뿜어져 나오는 모습을 보기 전까지 총성이 음악 소리인 줄 알았다. 20발에서 50발 정도의 총성 뒤에 음악이 멈췄다"라는 대목이었습니다. 총소리가 음악처럼 들리는 시대, 그런 시대를 우리는 살고 있습니다.

일상이 전쟁인 시대, 한순간에 전쟁터로 변하는 이곳이나 평화로운 미국 플로리다 올랜도나 위험하긴 마찬가지입니다. 게다가 총기를 휘두르는 용의자는 어쩔 수 없이 살기 위해 싸우는 전쟁터의 군인도 아니고 그저 누구와도 소통하지 못하는 외로운 늑대라니. 오마르, 내가 아는 소년 오마르는 말이 없는 조용한 아이였습니다. 그의 부모님은 내 부모님들처럼 살기 위해 바쁜 사람들이었죠. 지금은 번화가가 된 브루클린의 어두운 골목 어귀에서 식료품 가게를 했던 우리 부모님들은 한국인들이 너무 부지런해서 경쟁이 안 된다고 말씀하시곤 했습니다. 그들은 잠도 안 자는 것 같다며 유대인 다음으로 무서운 종족이 한국인이라고 말씀하시곤 했죠. 하지만 요즘 세상에서 제일 무서운 건 이슬람 극단주의자들이랍니다. 알라의 이름으로 자신의 몸에 폭탄을 장착하고 군중들 사이에서 자폭하는 어린 소년 소녀들을 볼 때마다 소름이 끼칩니다. 그들을 닮은 모방 테러가 바로 누구와도 소통하지 못하는 외로운 늑대들의 무차별 테러 행위죠. 하긴 외로운 늑대가 아니었던 젊은이가 있을까요?

나는 외로워서 낯설고 위험한 곳으로 떠나 소외된 사람들을 치료하는 의사가 되었습니다. 당신이 외로워서 그림을 그렸듯이. 돌이켜 생각하니 젊은 날 외로움은 우리의 힘이고 용기였습니다. 그 시절로 돌아가 나는 뉴욕 맨해튼 소호의 낯선 화랑으로 들어가 처음 본 당신의 그림을 다시 보고 싶습니다. 당신과 함께 소호의 큰 길목에 있는 오래된 극장에서 영화 〈바그다드 카페〉를 다시 보고 싶습니다. 주제가 〈Calling You〉를 들으며 당신이 어디에 앉아있든 서로 모르는 채 따로 앉아 같은 시간에 영화를 본다 해도 좋을 겁니다.

그 옛날의 내 이웃 오마르, 그의 아내는 남편으로부터 자주 폭행을 당하곤 했다고 뉴스는 전하고 있었습니다. 외로워서 오마르는 총기 난사 테러를 벌이고, 외로워서 나는 이 먼 곳에서 실려 들어오는 환자들을 돌보고 있고, 그리고 당신은 외로워서 오늘도 그림을 그리죠.

외로움은 마치 어떻게 사용하느냐에 따라 세상을 다르게 변화시키는 인간의 가장 오래된 재료 같습니다. 오늘도 나는 신은 없다고 되뇝니다.

오늘도 내게 위안이 되어준 당신의 그림에 감사하며.

_A

#6

시간은 상처를 제외한 모든 것을 치유한다

오늘 아침 라디오에서 아프가니스탄 카불에서 자살 폭탄 테러로 최소 14명이 사망했다는 뉴스를 듣고 놀란 마음에 소식 전합니다. 아마도 당신은 매일 듣는 소식일지도.

며칠 전엔 또 바그다드 시내와 주변의 청과물시장에서 자살 폭탄 테러로 350명이 숨졌다는 뉴스도 들었어요. 당신이 있는 곳은 바그다드로부터 먼먼 곳인데도, 자살 폭탄 소리만 들어도 가슴이 울렁이네요. 문득 누군가의 이런 말이 떠올라요.

"누가 상처를 낫게 하는 건 시간뿐이라 했는가? 시간은 상처를 제외한 모든 것을 치유한다."

그러니 살아온 시간만큼 인류는 온몸과 마음이 상처투성이가 되었네요. 그래도 옛날엔 전쟁은 전쟁터에만 있었는데, 이제 세상 모든 곳이 언제 터질지 모르는 전쟁터가 된 것 같습니다.

파리, 니스, 런던, 평화롭게 들리는 그 어느 곳도 안전하지 않은 세

상, 그중에서도 전쟁의 가장 한가운데에 있는 것 같기만 한 당신이 매순간 걱정됩니다. 하긴 오래도록 제 마음속도 이 시끄러운 세상처럼 온통 전쟁터였어요. 그 한가운데 남편이 있었죠.

남편을 처음 만난 건 엉뚱하게도 스웨덴 스톡홀름이었어요. 그 시절엔 바그다드도 카불도 평화로웠을까요? 오래된 건축물들 사이로 안개 낀 스톡홀름의 거리를 걷는 건 참 행복한 일이었어요. 그 시절, 하나밖에 없는 언니가 서울 올림픽 때 서울에서 만난 스웨덴 디자이너와 결혼을 해서 스톡홀름에서 살고 있었어요. 저는 언니 얼굴을 보러 갈 겸 꿈속에서나 나올법한 낯설고 신비로운 분위기의 도시 스톡홀름에 놀러 갔다가, 혼자 감라스탄의 좁은 골목길을 헤맸어요. 해가 지기 시작하고 어스름 속에서 가스등이 하나둘 켜지는 감라스탄의 좁은 골목길에 서서 문득 '잉글리드 버그만'이 주연한 흑백 영화 〈가스등〉을 떠올렸어요.

홀린 듯 서 있는데 누군가 다가와 일본인이냐고 묻더군요. 제가 여행을 온 한국 사람이라고 하자, 그는 환하게 웃으며 자기는 중국인이라며 스톡홀름 구경을 시켜주겠다고 했어요. 그런 그와 마치 몇 번은 본 사람처럼 짧은 영어로 웃고 떠들며 와인을 곁들여 저녁까지 같이 먹은 건 그곳이 스톡홀름 감라스탄 골목이었기 때문이었어요. 골목이 마법을 거는 도시, 하긴 그때만 해도 그는 참 좋은 사람처럼 보였어요. 세상에 좋은 사람과 나쁜 사람이 따로 있을까요? 그 순간 그는 좋은 사람이었어요.

인상이 참 좋았던 탓에 한순간에 그 사람을 믿어버렸죠. 아니 그때만 해도 그는 믿을만한 사람이었으니까요. 매 순간 우리는 변화하죠. 하지만 시간이 아무리 많이 흘러도 사람은 쉽게 변하지 않는다고 어른들은 말씀하시죠. 그 말이 맞아요. 하긴 우리가 안다고 생각했던 그 사람이 바로 그 사람일까요? 시간이 갈수록 남편은 점점 더 모르는 사람이 되어갔어요.

그리고 지금 저는 알지도 못하는 당신께 편지를 쓰네요. 그래서 좋아요. 아무 말이나 다 할 수 있을 것 같아서. 오랜 세월 내 그림이 너무 좋아서 머리맡에 붙여두고 있는 사람이라면 더 알아서 뭐 하겠어요? 우리는 이미 서로 너무 잘 아는 사람일지도 모르죠.

오래된 흑백 영화 〈가스등〉을 기억하세요? 어릴 적 텔레비전에서 본 그 영화가 왜 문득 그 순간에 떠올랐는지 모르겠어요. 그 영화의 배경은 스톡홀름이 아니라 가스등이 하나둘 켜지는 안개 낀 런던이었는데 말이죠. 남편이 부유한 상속녀인 아내의 재산을 가로채려고 아내를 정신병으로 몰아가는 영화의 내용은 으스스했지만, 분위기는 너무 아름답게 남아있어요.

'의식적으로 또는 무의식적으로 상대방을 조종하려는 가해자와 그를 이상화하고 그의 관점을 받아들이는 피해자가 만들어내는 병리적 심리 현상', '가스등 효과(gaslight effect)'는 요즘은 누구나 아는 흔한 단어가 돼버렸지요. 저는 부유한 상속녀도 아니었고, 돈이라고는 쥐뿔도 없는 가난한 화가 지망생이었으니 그런 걱정은 안 해도 되었어요. 어쩌면 우리가 사랑이라 부르는 감정 중엔 이런 보이지 않는 폭력이 어느 정도 스며있는지도 모르겠네요. 이슬람 극단주의자들이 세상의 외로운 젊은이들을 달콤한 말들로 선동해, 전쟁터로 끌어들이는 것도 가스등 효과가 아닐지 생각해봅니다. 어린 소녀가 온몸에 폭탄을 장착하고 수많은 사람들을 죽이고 자폭하는 모습을 영화 속에서 보면서, 저것도 사랑이구나, 정말로 끔찍한 사랑이구나 싶었어요. 자살 폭탄 같은, 가미카제 특공대 같은, 그런 사랑은 이제 그만.

엉뚱한 이야기를 했네요.

나의 친구, 늘 건강하게 살아남으시길.

#7

그게 사랑이었을까?

오늘도 이라크 카르빌라 인근 결혼식장에 자살 폭탄 테러가 일어나 수십 명의 사람이 사망했다는 소식을 들었어요. 모든 사람이 축복해야 마땅할 결혼식마저 안전하지 않은 세상, 내 친구 당신은 무사한가요? 어제는 그 옛날 영화 〈바그다드 카페〉를 무삭제 버전으로 재상영해주는 극장이 있어 반가운 마음에 다시 보았네요. 그 옛날에 못 보았던, 아니 기억하지 못했던 장면 중 하나는 뚱뚱한 여주인공이 화가의 그림 모델을 서면서 살짝 젖가슴을 조금씩 조금씩 더 많이 드러내 보여주는 장면이었어요. 우리가 사랑할 때, 흔히 무장해제라고 말하는 그런 시점, 그때가 좋은 때라고 사람들이 말하는 사랑의 시점, 하지만 사랑에 좋은 때가 따로 있을까요? 진짜 사랑은 묵을수록 맛있는 사랑이지요. 너무 욕심이 많은 걸까요?

생각해보니 분위기 있는 카페에서 커피 마시는 걸 좋아하던 언니는 늘 남자 복이 없었어요. 언니가 첫째 형부와 헤어진 건 그 시절만 해도 사치스럽게 느껴졌던 카페랄지 에스프레소랄지 뭔가 언니의 고급스러운 취향을 그가 늘 못마땅해했기 때문이었어요. 아예 그들은 너무 안 맞았어요. 운동권이었던 그가 눈에 뭐가 씌었는지 3년을 악착스레 언니를 쫓아다녀 결혼을 했지만 결혼한 그 날부터 그들은 불행했어요. 언니는 늘 자기를 너무 좋아한다 싶으면 그 사람이 맘에 별로 들지 않아도 그를 만나곤 했어요. 마치 사랑받는 일에 굶주린 것처럼. 수없는 남자들이 언니를 많이 좋아했고, 그중의 하나가 두 번째 형부가 된 스웨덴인 디자이너였어요.

결혼해서 스웨덴으로 떠난 언니는 스톡홀름에서 동양인들 상대로 관광 가이드 일을 시작했어요. 그때만 해도 주로 일본 사람들이 많았죠. 디자인을 전공한 언니는 처녀 적에 참 예뻤어요. 나이 들어 눈가에 주름이 자글자글 한데도 고운 자태는 여전히 남아있었어요. 언니를 보면 '가을엔 모르는 여자가 아름다워요.' 그런 노랫말이 떠올랐답니다. 오랜만에 만난 언니의 긴 머리카락들은 처녀 적처럼 여전히 풍성했지만, 햇볕에 군데군데 염색하지 않은 흰머리가 드러나 나이 들어 보였어요. 초가을 스톡홀름은 우리가 일상에서 누릴 수 없는 사치스러운 고독을 선물해주죠.

어느 초가을 오후, 유난히 언니가 외롭고 고단해 보여 "언니 서울로 돌아가자" 하는 말이 입에서 맴돌았어요. 그곳 남자들은 남녀평등의 이름으로 결혼하면 가사도 반은 자기가 맡아 하지만, 무거운 것도 잘 들어주지 않으며, 돈도 꼭 같이 벌어야 하고 식당에서도 더치페이를 한다고. 그게 언니로부터 들은 남녀평등이 최고로 지켜지는 북유럽 남자와의 결혼 이야기였죠.

그리고는 중국 남자들 중엔 사랑하는 사람을 위해 요리도 잘하고 몸과 마음과 돈을 아끼지 않는 천사 같은 남자들이 있다고 말하곤 했어요. 제 남편도 처음엔 그랬어요. 하긴 국적이 무슨 문제겠어요? 다음 날도 우리는 구시가지 감라스텐 골목에서 만나 대성당과 왕궁에 들어가 멋진 스테인드글라스 창들과 섬세한 천장 벽화를 바라보았어요. 저는 그날 저녁 언니네 집으로 그 남자를 데려갔어요. 신기하게도 그는 언니와 초면이 아니라며 반가워했어요. 언니가 안내해 준 스톡홀름이 자기 생에 처음 만난 신비로운 스웨덴이었다고 하더군요.

스톡홀름 감라스텐의 낡고 오래된 골목길에 해가 질 무렵 가스등이 하나씩 둘씩 켜지면, 스웨덴이 낳은 영화감독 '잉리 베리만'의 우울한 영화들이 떠올라요. 영화광이었던 제게 그곳은 잊을 수 없는 장소로 남았답니다. 없는 것 없이 풍요롭지만 고독하고 우울한 분위기로 가득한 곳, 자살이 사치처럼 느껴지는 곳, 그곳이 아니었다면 남편을 한눈에 사랑할 수 있었을까요?

한 보름 뒤 저는 남편을 따라 뉴욕으로 가서 결혼했어요. 얼마 동안은 뜨겁고 감미롭고 행복했던 그 시간은 결코 길지 않았죠. 중국인인 남편은 정말 요리 하나는 참 잘했어요.

지금 생각하니 다 고맙네요. 그 시절 전쟁터 같은 어지러운 마음을 진정시키느라, 전생의 기억처럼 오래전에 그만둔 그림을 다시 시작했으니까요. 뉴욕 맨해튼, 소호에 있는 극장 안젤리카에서 영화 〈바그다드 카페〉를 처음 보았을 때, 영화 속의 주인공이 딱 저만 같아서 한참을 울었어요. 마술을 배운 것도 그즈음이었어요. 지금도 생각해요. 마술을 부려 이 세상 곳곳의 전쟁터를 아름다운 평화의 무대로 바꿔놓으면 얼마나 좋을까 하고.

그리고 그때는 영화 속의 〈바그다드 카페〉와는 지리상으로 아무런 관계도 없는, 한 번도 가보지 못한 신비한 도시 바그다드가 전쟁의 불길 속에 휩싸이리라고는 상상도 못 할 때였죠. 이야기가 너무 길어졌네요.

#8

그대가 밟는 것은 내 꿈이오니

조곤조곤 들려주는 지나간 당신의 삶 이야기가 문득 내게 살고 싶다는 생각을 하게 해줍니다. 이렇게 멀리서 주제넘지만, 그녀가 불행하다면 행복하게 해주고 싶다, 그녀의 수호천사가 되어주고 싶다, 그런 기분, 참 오래간만에 느껴봅니다. 그중에서도 전생의 꿈처럼 느껴지던, 그만둔 그림을 다시 시작했다는 얘기, 왜 그 말에 내 가슴이 벅차오를까요? 믿을 수 없겠지만, 난 생각도 할 수 없는 아주 낯선 곳에서 당신의 그림을 본 적이 있답니다.

소호의 작은 화랑에서 번개를 맞은 듯 한동안 그 앞에 서 있던 그림, 지금은 그 어디를 가든 내 머리맡에서 나를 보호해주는 그림, 그 그림의 분위기와 너무도 닮은 그림이 걸려있었습니다. 그리고 그걸 누가 그린 건지 난 단번에 알아보았습니다. 우연히 맨해튼 소호에서 영화 〈바그다드 카페〉를 보고 난 몇 해 뒤, 어쩌면 그 세월의 간격은 더 먼지도 모르겠습니다. 이라크에 파견되어 바그다드로 가는 중, 시리아의 수도 다마스쿠스에서 팔미라를 거쳐 이라크의 바그다드까지 이어진 시리아사막의 한가운데 정말 거짓말처럼, 진짜 바그다드와는 700킬로미터나 떨어진 엉뚱한 곳에 실제로 '바그다드 카페'가 있었습니다. 너무 신기해서 목이라도 축일 겸 들어서자마자 당신이 그린 것과 똑같이 닮은, 아니 당신의 그림이 걸려있었습니다.

라스베이거스로 가는 사막 한가운데 떡하니 놓여있는 영화 속의 바그다드 카페가 실제인지 그곳이 실제인지 헛갈렸어요. 입구에는 시리아 지도가 그려진 양가죽에 알레포, 팔미라, 하마, 홈스 등의 지명과 '바그다드 카페'의 지명까지 그려져 있어 마치 꿈을 꾸는 듯했습니다.

안쪽으로 들어서니 커피와 차와 지도, 낙타인형 같은 기념품들을 팔고 있었어요. 유목민인 베두인의 이국적인 모습을 한 주인이 뜨거운 커피를 갖다 주며 시리아말로 환영한다고 말했어요. 카페는 둥근 계란형의 흙집에다 지붕에 천막을 치고 있는 그런 형상이었습니다. 아주 짧은 순간 나는 순간이동을 하는 기분이 들었어요. 로스앤젤레스와 라스베이거스를 잇는 모하비사막과 시리아사막 두 군데를 순간이동 하는 기분은 근사했지만 쓸쓸했습니다.

미국의 모하비사막 한가운데 솟아오른 환상의 관광도시 라스베이거스를 가보셨나요? 많은 사람들이 도박의 도시로만 알고 있는 그곳은 꿈속의 동화 같은 도시입니다. 하룻밤에도 수많은 돈을 잃고 따기도 하는 카지노가 아니라도, 눈부신 밤의 문명을 구경하기에도 하룻밤이 너무 짧은, 인간이 만든 가장 아름다운 사막 도시, 라스베이거스, 호텔마다 눈부신 무대 장식으로 사람들을 안데르센의 동화 속으로 초대하는 곳, 아-나는 당신의 어깨를 감싸 안고 라스베이거스 밤거리를 걷는 꿈을 꿔 봅니다. 영화 속의 쓸쓸한 바그다드 카페 근처에 그렇게 화려한 도시 라스베이거스가 존재한다는 걸 안 가본 사람은 상상할 수 없습니다.

엉뚱하게도 미국의 라스베이거스처럼 시리아사막에 솟아오른 환상의 도시 팔미라로 가는 사막 한가운데 사막의 쉼표, '바그다드 카페 66'이 떡 하니 자리 잡고 있는 걸 보니 반가워서 눈물이 날 것 같았습니다. 당신의 그림을 처음 보고 그 영화를 처음 보았던 그 날 이후, '바그다드 카페'는 내 영혼의 쉼표 같은 곳이었는지도 모릅니다. 내 삶의 한 가운데 밑도 끝도 없는 사막의 쉼표라고 해둡시다. 그곳에 바로 당신의 그림이 걸려있었다는 말을 아주 오래전부터, 당신이 어디서 무얼 하고 있는지 모르던 아득한 시절부터 지금까지, 늘 전하고 싶었는데, 이제야 전합니다.

언젠가 가까이 지내는 한국인 의사에게 당신을 아느냐고 물은 적이 있었죠. 그는 모른다며 찾아봐 줄 수 있다고 했습니다. 한 번밖에 본 적 없는 사람이 잊히지 않는 수도 있냐고 물었더니 그는 그저 웃었습니다. 내 방에 붙어있는 당신의 그림을 보더니, 한번 밖에 얼굴을 본 적이 없는 사이가 아니라 매일 보는 사이라 말해주었답니다. 그 말이 위로가 될 만큼, 정말 많이 외로운 날들이었습니다.

다시 한번 말하고 싶네요. 그곳에 바로 이 세상에 하나밖에 없는 당신의 그림이 걸려있었습니다. 내가 가지고 있는 것과는 조금, 아니 많이 다르지만, 그래도 그 독특한 감성의 결이 그대로 묻어나는 당신의 그림을 내가 몰라볼까요? 나는 그 그림을 사고 싶었습니다. 얼마냐고 물으니 파는 그림이 아니라 그냥 그렇게 수년 동안 걸려있는 그림이라 말하더군요. 어느 날 일본이나 중국 사람으로 보이는 손님 하나가 이곳이 이 그림을 걸기 딱 어울리는 곳이라며 벽에 붙여놓고는 홀연히 사라졌다고 했습니다. 어쩌면 한국 사람이었는지도 모르죠.

카페 주인은 매일 그림을 바라보며 왠지 그 그림이 그 장소를 모든 위험으로부터 보호해줄 것 같은 기분이 든다고 말하더군요. 밀크티 한잔을 마시며 그 그림을 하염없이 바라보고 앉아있었습니다. 사막의 모래바람이 코끝을 간질이던 뜨겁고 건조한 어느 해 여름, 나는 당신의 그림을 바라보며 스무 살 시절 좋아하던 윌리엄 버틀러 예이츠의 이런 시를 떠올렸습니다.

나는 가난하여 가진 것이 없어
내 꿈을 그대 발밑에 깔았으니
사뿐히 밟으소서.
그대가 밟는 것은 내 꿈이오니.

#9

해피 투게더

내 친구, 그 낯선 곳에서 제 그림을 본 당신의 이야기는 꿈이 아니었나요? 제 그림이 캘리포니아 사막을 지나가는 66번 도로에 위치한 영화 속 '바그다드 카페'가 아니라 시리아사막을 통과하는 사막 한가운데 그 멀리 실제로 있는 '바그다드 카페'에 걸려있다니 믿어지지 않네요. 하긴 우리 모두는 그 결과만을 알 뿐 프로세스는 알지 못하죠. 어떻게 세상의 맛있는 음식이 만들어지는지를. 어떻게 세상의 모든 악이 익어가는가를. 제 그림이 발이 달려 그 먼 곳까지 걸어갔다면, 얼마나 고단했을까? 보고 싶네요. 그 그림을. 그 그림에 붙은 오래된 시간의 우표를.

어릴 적 우표를 모았었어요. 나중에 생각하니 우표 모으기는 제 첫사랑이었어요. 그렇게 열심히 그렇게 광적으로 무언가에 미쳐본 사람은 알죠. 사랑은 바로 어딘가에 미치는 것이라는 걸. 그림 그리기가 마지막 사랑이길 기원하는 저는 아무리 나이를 먹어도 마음이 늙지 않는 소녀, 사실 저는 그 소리가 듣기 좋아요.

어제는 소녀처럼 가을날을 헤매다 핸드폰을 잃어버렸답니다. 제 전화에 수만 번 전화를 해도 낯익은 음악 '터틀즈(Turtles)'의 〈해피 투게더(Happy Together)〉가 들려왔어요. 핸드폰을 가질 셈이면 꺼놓지 통화가 되랴 싶어 제 핸드폰에다 계속 전화를 걸었어요. 걸을 때마다 들려오는 〈해피 투게더〉를 들으며 엉뚱하게도 어린 자식을 유괴당한 부모의 마음을 상상했어요. 그보다 절망적인 감정이 또 있을까? 내 자식이 유괴당해 어딘가에 살아있다는 그런 느낌, 전화할 때마다 낯익은 음악 소리는 여전히 들려오고 미칠 것 같은 불면의 밤을 보냈답니다. 어쩌면 그건 실제보다 훨씬 더 과장된 비극적인 기분이었어요.

그깟 핸드폰 잃어버린 걸 자식을 잃어버린 마음과 비교하다니, 그렇게 우리들의 감정은, 우리들의 행복과 불행은 과장되거나 폄하되기 마련이죠. 그러면서 생각했어요. 당신이 그곳 병원에서 보고 느낀 장면들은 실제보다 훨씬 과소평가된 비극적인 감정들일 거라고. 그렇게 사람들은 살아가죠. 행복은 가끔 무료함이라는 불행의 얼굴을 하고, 불행은 가끔 살아있다는 것만도 축복이라는 행복의 얼굴을 하고 우리들의 일상을 찾아와요. 그래서 드물게 세상은 공평하기도 하죠. 다음날 저는 제 핸드폰에다 문자를 보냈어요.

"핸드폰을 보관하고 계신 분께 사례 드리겠습니다. 중요한 저장

번호가 너무 많아 꼭 찾았으면 합니다." 불과 몇 분 뒤 마지막으로 한 번 걸어본 제 핸드폰을 누군가 받는 거예요. 백화점 안내 데스크라고 하더군요. 가보니 핸드폰 케이스에 꽂혀있던 얼마간의 현금은 없어지고 신용카드와 최신형 제 핸드폰은 무사히 돌아왔답니다. 잃어버린 자식을 찾은 기분과 비교한다는 건 말이 안 되죠. 하지만 더 이상의 아무런 바람도 생기지 않더군요. 어쩌면 이런 게 완벽한 행복의 순간일지도. 행복이란 어쩌면 상실의 경험 없이는 느낄 수 없는 감정일지도 몰라요.

이렇게 평온한 일상의 이야기들을 당신께 들려주면 당신은 또 어떤 신비한 일상의 이야기를 들려줄까요? 전쟁터에서도 일상은 있기 마련이죠. 평온한 일상 속에서도 전쟁이 있듯이.

오늘은 배터리가 10년 동안 떨어지지 않아 영원히 멈추지 않을 것 같던 탁상시계가 멈췄어요. 절대 죽지 않을 것 같은 백 살 노인처럼, 어쩌면 그 시계가 멈추지 않을 거라고 방관하고 있었는지도 모르겠네요. 하지만 그런 일은 없는 거겠죠. 그 시계를 산지 딱 십 년 만에 멎었답니다. 사람으로 치면 백 살은 더 산 건지도 모르죠. 십 년간 배터리가 떨어지지 않고 살아있던 시계에, 백 살 먹은 노인에게 묻고 싶어요. "당신의 마지막 섹스는 언제였습니까?"

그런 질문은 영화 속에서도 소설 속에서도 들은 적이 없네요. 하지만 중요한 질문이죠.

"당신의 생명의 불꽃은 언제 꺼졌습니까?" 하는 것과 같은 질문이니까요. 물론 그렇다고 죽는 건 아니지요. 다른 세계가 보이기 시작하니까요. 그러니까 우리는 죽는 날까지 어떻게든, 어떤 방식으로든 행복하게 살 수 있어요. 아니 살아야 하죠. 그렇게 시계가 멈추듯, 백 살 노인이 자연사하듯, 이 지구의 마지막 날이 온다 해도 그 순간 저는 누군가와 춤을 추고 싶어요.

늘 게으름 피우며 그리지 않던 누군가의 얼굴을 마지막 남은 몇 분 동안 일필휘지로 그려주고 싶어요. 어쩌면 그게 제가 남긴 최고의 걸작일지도 모르겠네요. 그 얼굴이 바로 당신의 얼굴이라면, 그런 상상을 해보기도 하는 깊은 가을입니다. 사랑에 빠진 사람들은 종종 왜 우리가 좀 더 일찍 만나지 못했을까 아쉬워하죠. 하지만 어떤 만남도 너무 이르거나 너무 늦지 않아요. 이르면 이른 대로 늦으면 늦은 대로 그때만이 누릴 수 있는 사랑의 계절이 있을 테지요.

오늘은 이만. 당신의 전쟁터에 평화가 함께 하기를.

#10

네가 길을 잃어버리지 않게

당신이 내 얼굴을 그려주는 한가한 저녁 무렵을 상상합니다. 그 그림이 나의 영정사진이 된다 해도 당신이 그려준다면 행복하겠습니다. 이곳 바그람도 창밖에 겨울을 재촉하는 가을비가 내립니다. 한동안 조용하더니 며칠 전엔 이곳에서 또 탈레반의 자폭 테러 사건이 일어나 미군 네 명이 숨지고 열여덟 명이 부상을 당했습니다. 테러범은 식당 건물 인근에서 아프간 노동자들과 한 줄에 서 있다가 폭탄 조끼를 터뜨렸답니다. 부상을 당한 사람들이 지금 우리 병원에서 고통을 호소하고 있어요. 매 순간 지금이 마지막일지도 모르는 삶의 진짜 전쟁터에서, 이렇게 멀리 있는 당신을 떠올립니다. 이제 온 세상이 다 전쟁터라고 당신은 말합니다.

얼마 전 파리 노트르담 대성당 테러를 모의한 사라 H를 기억하나요? 1993년 파리 북부의 소도시에서 태어난 그녀는 올해만 IS 테러범들과 세 번째 약혼을 했습니다. 첫 번째 남편도 두 번째 남편도 세상을 놀라게 한 잔인한 테러범들입니다. 남성 요원들에 대한 유럽 나라들이 감시가 심해지자 여성들을 테러 전선에 내세우고 있는 형국이지요. 남녀관계를 촉매제로 결속력을 높여 극단적인 테러 활동을 이어가는 그들의 관계도 사랑일까요? 그들은 말합니다.

알라가 보내는 사랑의 메시지라고. 처음 이곳에 왔을 때, 주사를 맞으면 기독교 신도가 된다고 아픈 아이에게 주사 놓는 걸 꺼리는 부모를 보면서 당황했던 기억이 나네요. 머리를 다쳐 피를 뚝뚝 흘리는 어린아이와 하반신이 사라진 젊은 청년들이 병원 복도에 누워있고, 밖에서는 포성이 그치지 않던 날들이 떠오릅니다. 폭격은 멈추지 않고 의약품은 동이 나고 국경마다 전투가 벌어져 늘 의약품 수급이 걱정이었던 날들도 어제 같네요. 편한 인생 마다하고 전쟁터에서 목숨 걸고 환자를 돌보는 의사들은 제 생각에도 참 놀랍도록 훌륭합니다.

환자는 넘치고 의사와 의약품은 부족한 곳, 그곳이 전쟁터랍니다. 밀려드는 폭탄 테러 환자를 돌봐야 하는 처지라 산모와 신생아는 뒷전으로 밀려나기 일쑤죠. 병원에서 아이를 낳는 출산 비용 5달러가 없어서 집에서 아이를 낳다 죽은 산모와 신생아도 적지 않습니다. 그나마 카불에 사는 사람들은 병원이라도 가까이 있지만, 산간이나 오지의 가난한 사람들은 진료를 받으러 올 수도 없거니와 오려고도 하지 않는답니다. 병에 걸리면 그저 알라가 하시는 일로 받아들이고 맙니다. 요즘은 좀 평화롭다 싶었는데, 또 폭탄 테러가 일어났네요.

작은 전쟁 큰 전쟁 이름이 다를 뿐 이곳은 여전히 매일이 전쟁입니다. 텔레비전을 보다 보니 당신의 나라 한국도 전쟁이군요. 촛불을 들고 시위하는 백만 명의 군중과 그들이 켜 든 백만 개의 촛불을 텔레비전에서 보니 전쟁 같기도, 축제 같기도 하더군요. 당신도 촛불을 들고 광분한 시위대의 틈에 끼었을까요? 수백만의 사람들이 켜 든 증오의 촛불은 아무것도 모르는 외국인인 제겐 신기하고 엉뚱한 기분이 들게 했답니다.

세계 3대 석굴인 아프가니스탄의 바미얀 석굴을 아시나요? 탈레반 정권은 신은 유일하기 때문에 모든 불상은 이슬람에 대한 모독이라며 바미얀 석굴을 비롯한 아프간 내의 모든 불상들을 제거하라는 포고문을 내리고, 다이너마이트를 이용해 그 보물 중의 보물인 거대한 바미얀 석불을 파괴해버리고 말았습니다. 그전에 그곳을 가보았다면 얼마나 좋았을까요?

작년에 불교에 관심이 많은 친구와 카불의 서북쪽 230킬로미터의 지점에 위치한 힌두쿠시 산중의 고대 도시 바미얀, 그곳에 실제로 가보았답니다. 가는 길에 곳곳에 붙은 지뢰 표시와 전쟁의 흔적들로 울적한 구불거리는 산길은 결코 끝날 것 같지 않았지만, 드디어 사방이 황톳빛 산으로 둘러싸인 신비한 그곳에 도달했습니다. 1세기부터 7세기 이슬람에 정복될 때까지 불교의 중심지 역할을 했던 그곳에는 파괴된 두 개의 거대한 대불을 모신 석굴사원으로 유명하지만, 830여 개나 되는 동굴 사원들을 지니고 있답니다.

그 많은 석굴들 속 부처상들은 다 파괴되고 주민들이 문을 달아 살림집으로 사용하고 있었어요. 1500년을 지켜오던, 동쪽에는 38미터 높이의, 서쪽에는 55미터의 거대한 불상이 있던 자리는 빈 석실만이 남아 그 커다란 크기를 상상해 볼 수 있을 뿐이었답니다. 문득 언젠가 당신이 보내준 한국의 익산 미륵사지 석탑의 사진을 떠올립니다. 그때 당신이 이렇게 썼었어요. 한없는 벌판에 서 있는 익산 미륵사지 석탑을 보며 "볼 것도 없네." 했더니, 같이 여행 중이었던 스톡홀름에서 사는 언니가 그곳을 먼 눈길로 바라보며 이렇게 말했다고요.

"왜 너는 저 비어있음의 여백을 볼 줄 모르니?"

바로 그런 기분이었답니다.

그 여백의 긴 끝에 당신이 서서 내가 길을 잃지 않도록 기다려주면 좋겠습니다. 오늘 이런 구절을 읽었답니다. "누군가 내 손을 잡고, 아니 곳곳에 흔적을 놓아두어 내가 길을 잃지 않도록 지켜주면 좋겠다."(패트릭 모디아노, 《네가 길을 잃어버리지 않게》 중에서) 나는 이글을 이렇게 고쳐 씁니다. "내가 누군가의 손을 꼭 잡고, 아니 곳곳에 흔적을 놓아두어 네가 길을 잃어버리지 않도록 지켜주면 좋겠다."

2장 장엄한 폐허

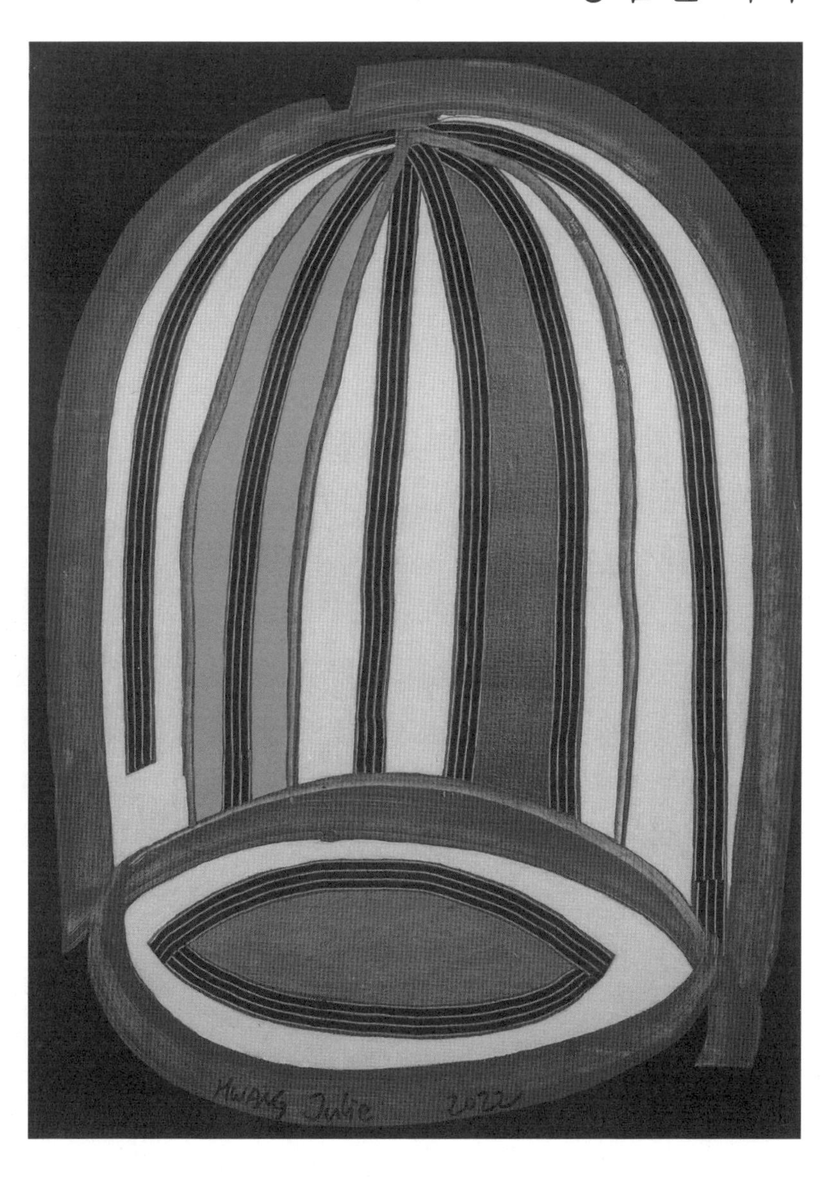

그저 사랑은
명멸하는 불꽃 같은 거라고.
하나씩 둘씩 꺼져가다
드디어는 캄캄한 순간이 오고야 말
생의 불꽃 같은 거라고.
그러니 춤도 사랑도 삶도
캄캄해질 때까지,
더 이상 할 수 없을 때까지
계속하는 거라고.

#11

시간은 이데올로기다

아침에 눈을 뜨니 밤새 켜놓은 라디오에서 오래된 노래 '짐 크로스(Jim Croce)'의 〈Time in a Bottle〉이 흘러나오고 있었어요. "병 속에 시간을 모아둘 수 있다면 내가 제일 하고 싶은 건, 그 시간들을 모아 당신과 함께 영원히 쓸 텐데." 뭐 그런 노랫말들이 아직 덜 깬 내 잠 사이로 흘러들어왔어요. 정말 세상에 저금할 수 없는 게 있다면 그건 시간뿐이라는 생각이 들자, 후닥닥 잠자리에서 일어나 이 편지를 씁니다. 만일 언젠가 우리가 드디어 만나 이런 기분이 든다면, 이제껏 만나지 못했던 흘러간 시간들을 실컷 같이 쓰지 못했다는 슬픈 기분이 든다면, 하지만 이제라도 늦지 않아요. 아니 우리가 만났던 순간이 한 찰나라 해도, 그 찰나가 이어져 오늘에 왔다는 게 기적이지요. 제가 마술을 배웠던 건 시간이 마술이라는 걸 깨닫기 전이었어요.

영화 〈바그다드 카페〉에서 뚱뚱한 여주인공이 마술을 하는 장면이 너무 좋아서, 내 슬픔을 아니 타인의 슬픔을 마술로 녹여주고 싶었답니다. 하지만 그 어떤 눈속임도 속일 수 없는 '시간'이 최고의 마술이지요. 그 옛날 당신과 내가 뉴욕의 소호에서 스쳐 갔던 찰나의 기억은 눈 감고 떠올리면 방금 구운 빵처럼 신선한 냄새를 풍기는데, 시간은 흘러 우리 둘 다 오롯이 나이 들었습니다. 누군가 "냄새는 이데올로기다"라고 했던 말이 생각납니다. 하긴 세상에 이데올로기가 아닌 것이 있을까요? 시간처럼 오래된 이데올로기가 있을라고요.

불교에서의 가장 짧은 시간 개념인 찰나를 현대적 시간으로 환산하면 75분의 1초, 약 0.013초라고 해요. 어떤 일이 일어났을 때 우리가 그것을 알아차리거나 느낄 수 있는 시간은 120찰나(1달찰나, 怛刹那)로 약 1.6초라 하네요. 찰나를 영어로 정확히 설명하기는 어려워요. moment, instant로는 충분하지 않은 섬광보다 짧은, 산스크리트어에서의 순간의 음역인 '크샤나(찰나)'는 120찰나를 1달찰나라 하고, 60달찰나를 1납박(臘縛, 약 96초)이라 하고, 30납박을 1모호율다(牟呼栗多, 약 48분)라 하고 30모호율다를 1주야(晝夜, 24시간)라 합니다. 1찰나마다 생겼다 멸하고 멸했다가 생기면서 계속되어나가는 현상을 찰나생멸(刹那生滅), 찰나무상(刹那無常)이라 합니다. 현재의 1찰나를 현재, 전 찰나를 과거, 후 찰나를 미래, 이 셋을 합해 '찰나삼세(刹那三世)'라 합니다.

이렇게 섬세한 시간 개념을 들어본 적 있나요? 우리가 매 순간 찰나의 떨림 속에서 산다면, 삶은 그리 짧지 않을지도 모르겠네요. 물방울이 떨어진다. 그 소리가 아름답다. 그 사람이 떠오른다. 그 사람은 아주 오래전 나와 같은 공간 속의 몇백 찰나를 함께 했다. 내가 그린 그림은 그의 공간 속에 그와 함께 있다. 등등. 가끔 당신의 방에 걸린 내 그림이 보여요. 그 그림은 여러 개로 증식되어 온통 당신의 방 한가운데에 풍선처럼 둥둥 떠다니는 그런 장면도 보여요. 당신이 수술한 사람이 하나 더 죽을 때마다 그림이 하나씩 더 늘어나, 당신의 방은 떠다니는 그림들로 갤러리가 되고 말아요. 아- 당신은 얼마나 많은 생명들이 멸하는 순간들을 목격했을까요? 꼭 죽지 않더라도 살아생전 착한 치매가 찾아오는 사람들을 본 적 있나요?

그림 치료를 하러 가서 젊을 때 아주 고약한 성격을 지녔었던 사람이 아주 온순하게 변한 착한 치매 환자들을 본 적 있어요. 이럴 때 사람은 변하지 않는다는 말은 옳지 않다는 생각이 드네요. 그렇게라도 사람들이 착하게 변해서 세상에 전쟁이 없어진다면 얼마나 좋을까요.

바그다드에서 또 차량을 이용한 자살 폭탄 테러가 일어나 수십 명의 사람이 목숨을 잃었더군요. 오늘도 이슬람 국가 IS는 자신들이 그랬다고 떳떳하게 말하네요. 그곳은 오늘도 안전한가요?

문득 언니와 함께 갔던 익산 미륵사지 석탑이 서 있는 한 없이 넓은 터에서 언니가 했던 말이 다시 떠오르네요. 내가 “볼 것도 없네”라고 중얼거리니까 언니가 "너는 왜 저 여백의 비어있음을 보지 못하니?" 하던 말을요. 가을 하늘을 올려다보니 그 푸름이 끝이 없었어요. 그 하늘의 여백이 바로 영원처럼 느껴졌어요.

카메라를 들고 먼 시야에다 초점을 맞추어 끌어당기니 저 멀리 호숫가 벤치 위에서 한 남자가 울고 있었어요. 찍혀진 사진 속에서 울고 있는 남자는 호수에 비쳐 대칭을 이룬 두 사람이 울고 있는 것처럼 보였어요. 그중의 하나가 바로 나 자신이라면, 다른 하나가 당신이라 해도 무방했어요. 하나이면서 두 사람인, 울고 있는 사람의 슬픔을 불교에서의 자연수로 표현하면 얼마나 될까?

지금 생각하니 내 그림의 바탕에 무심코 적어 넣던 숫자는 나도 모르게 적은 '항하사(恒河沙)', '아승기(阿僧祇)', '나유타(那由他)', '불가사의(不可思議)', '무량대수(無量大數)' 같은 끝없는 자연수들의 목록이었을지도 몰라요. 불경 속의 가장 큰 자연수를 '불가설불가설전(不可說不可說轉)'이라 해요. 하지만 그것도 끝이 아닐, 영원히 도달할 수 없는 숫자를 떠올리며 멀리 있는 당신을 생각합니다. 나누고 쪼개면 한없이 길어지기도 하는 시간들에 위로받으며, 매 순간 사람들이 죽어가는 전쟁터에 있었던 당신이 저보다 찰나의 느낌을 더 잘 알 것 같아 부끄럽습니다. 알고 보면 온 세상이 다 전쟁터인데 아무렇지 않은 듯 살아가는 우리들의 파렴치한 평화, 또한 찰나의 평화겠지요.

당신에 대한 내 오래된 기억이 혹은 우정이 찰나의 사랑이라 해도, 나를 향한 당신의 기억이 전쟁터에서 찰나를 살아가는 사람의 과장된 감정이라 해도, 살아있어 행복합니다. 그리고 당신이 살아있어 더욱 행복합니다.

_always

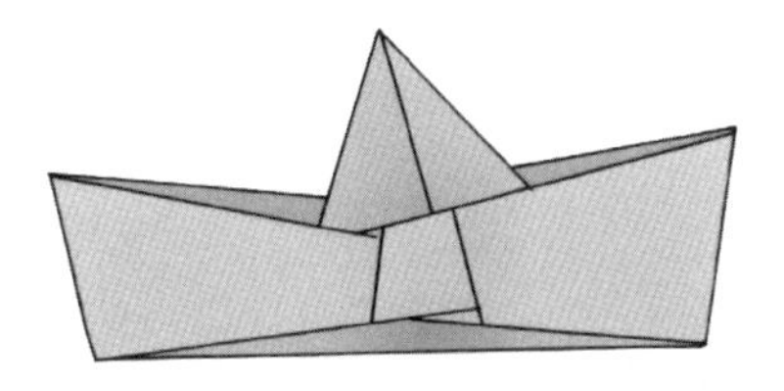

#12

다이아몬드여 영원하라

제게 나이가 든다는 일은 놀랍게도 아침에 일찍 눈을 뜨는 변화로 찾아왔어요. 매일 새벽 두 시나 잠들어 아침 늦게 일어나던 그 오랜 세월의 습관이 언제 그랬냐는 듯 사라졌습니다.

아침이 좋아지면 행복한 거라고 누군가 그러더군요. 사실 전 늘 행복했어요, 많이 불행하다고 느꼈던 날들도 지나고 생각하니 불행하지만은 않았답니다. 누군들 그렇지 않았을까요?

마술을 공부하면서 불행을 행복으로 바꾸는 속임수를 연구했는지도 모르겠습니다. 눈을 딱 감고 이 문을 열면 다른 세상으로 간다는 생각을 합니다. 그러면 정말 바람 부는 황량한 겨울 사막에서 구름이 둥실 떠가는 파란 하늘이 펼쳐지는 봄날의 풍경 속으로 순간이동을 하곤 했습니다. 지금 제가 앉아있는 마카오 호텔의 방문을 열고 당신이 계신 곳으로 가고 싶지만, 눈을 꽉 감고 아무리 순간이동을 꿈꾸어도 마음에도 국경이 있는지 그곳엔 갈 수 없네요.

그곳은 한국의 보통 사람들에겐 여행이 금지된 곳이지요. 이곳에 온 건 카지노를 좋아해서는 아니랍니다. 한국인들이 좋아하는 그 흔한 고스톱도 못 치는걸요. 오래전 라스베이거스 여행에서 마치 우주선을 타고 다른 혹성에 가보았던 것 같은 신기한 느낌을 다시 느껴보고 싶었습니다. 마카오의 너무도 다른 콘셉트의 각기 다른 눈부시고 화려한 호텔들을 돌다 보면 정말 화성, 목성, 명왕성 등으로 연결된 낯선 우주에 떨어진 기분입니다. 육지가 아닌 바다를 매립한 땅 위에 지어진 화려하고 눈부신 호텔들은 인공의 왕국들 같습니다. 안데르센 동화 속의《헨젤과 그레텔》의 과자 집 같기도 하고요.

'들어와라, 먹어라, 마셔라, 돈을 써라', 그렇게 유혹하는 소리가 들리는 것도 같습니다. 그중에서도 현대적인 작품들이 곳곳에 설치된 윈 호텔이라는 곳이 마음에 들더군요. 밤에 케이블카를 타고 오르다 보면 파리지안 호텔의 에펠탑이 반짝거리는 게 보여요. 마카오에는 파리도 있고 베네치아도 있답니다. 베네치안 호텔에 가면 인공의 베네치아를 그대로 갖다 놓았죠. 호텔의 마술, 그렇게 부르고 싶네요.

마카오에 도착하면 그곳에서 가장 부자인 스탠리 호 회장 소유의 리스보아 호텔이 가장 먼저 눈에 띕니다. 새장 모양을 한 형상적 의미는 호텔 카지노에 들어오면 갇혀서 돈을 다 잃을 때까지 나가지 못한다는 뜻이라 하네요. 호텔 로비에 들어서면 엄청난 크기의 다이아몬드와 순금으로 만든 풍경 조각들이 눈에 띕니다. 밖에서는 밤새 분수 쇼가 펼쳐지고요. 아무 생각 없이 분수에서 음악에 따라 높이 뿜어져 나오는 물 쇼를 보면서 저것도 마술이구나 싶었습니다. 이 세상에 마술 아닌 게 없다는 생각이 들더군요.

〈다이아몬드여 영원하라〉는 007 영화의 주제가가 배경음악으로 흘러나왔습니다. 그 어디선가 들어본 듯한 낯익은 노래를 듣는데 문득 결혼식 때 받은 다이아몬드 반지가 떠오르더군요. 크기가 꽤 컸던 걸로 기억되어요. 결혼 전에는 그렇게 화려한 선물로 마음을 휘어잡던 남편이 결혼과 동시에 한 푼도 벌지 않는 사람이라는 걸 알게 되었죠. 살기가 너무 힘들어 그 반지를 팔러 보석상에 간 저는 그때서야 그 다이아몬드가 가짜라는 걸 알게 되었어요.

그 사람과 사는 동안 저는 그저 모르는 척 아무 말도 하지 않았죠. 헤어지면서 그 반지를 돌려주었어요. 이혼을 한 뒤 얼마 되지 않아, 어쩌면 뉴욕 맨해튼 소호의 갤러리에서 당신을 보았던 그즈음에, 맨해튼 5번가에서 남편과 다정히 팔짱을 끼고 걸어가는 한 동양 남자의 손에 낀 다이아몬드 반지를 보았어요. 그건 바로 제 결혼반지였답니다. 마카오에서는 그런 정도 크기의 다이아몬드 반지를 끼고 카지노에 열중하는 여자들이 넘쳐나죠.

〈다이아몬드여 영원하라〉의 007 영화의 주제가는 언제 들어도 멋져요. 그건 마치 '인생은 유한하니 죽기 전에 실컷 즐겨라.' 그런 소리로 들리더군요. 저는 각기 다른 향기를 내뿜는 호텔들을 마치 다른 혹성에 도착하는 기분으로 넘나들면서 혹시라도 남편을 마주칠까 걱정했어요. 그는 카지노에 미친 사람이었으니까요. 뉴욕에 살 땐 가까운 도박 도시 아틀란틱 시티에 가서 몇 날 며칠 돌아오지 않은 날도 많았어요. 알고 보니 마카오 태생인 남편의 새 애인이 그곳 카지노에서 동성애자들 사이에 무척 인기 있는 남자라 하더군요. 마카오의 호텔마다 가득 쌓인 명품들을 몇 날 며칠 보면서 그 수많은 명품들이 명품도 그 무엇도 아닌 무의미한 사물로 보였어요. 엉뚱하게도 물질이 허공과 다르지 않다는 '색즉시공 공즉시색(色卽是空空卽是色)'이라는 반야심경의 구절이 떠오르더군요.

만일 남편을 안개 낀 스톡홀름이 아니라 마카오의 카지노에서 만났다면 그 사람과 결혼했을까? 만일 당신과 뉴욕 맨해튼 소호의 갤러리가 아니라 라스베이거스의 카지노에서 만났다면, 우리들의 상상의 장소 '바그다드 카페'에서 다시 만날 수 있었을까? 베네치아를 그대로 옮겨놓은 베네치안 호텔에서 긴 복도를 따라 걷다가 파리지안 호텔로 들어서면서, 그곳이 바그람이라는 상상을 해봅니다. 그곳의 낮은 담벽에 비스듬히 기대어 당신이 서 있다면, 우리가 서로 알아볼까요? 당신이 못 알아보면 제가 알아보려고요. 당신을요.

_ 마카오에서, 당신의 친구

#13

꽃이 져도 죽지 말아라

'친애하는 당신' 그렇게 쓰다가는 지우고, 그 어떤 관계의 이름 속에도 들어가지 않는, 우주 밖의 친구를 향해 손을 내미는 외계인의 고독으로 읽히지는 않을까 망설입니다. 살아있다는 건 그 어떤 기쁜 일도 슬픈 일도 매일 반복되는 일상보다 힘이 없다는 걸 깨닫는 거겠죠.

매일 환자들을 돌보며 나는 이곳의 황량함에 슬슬 지쳐가고 있습니다. 눈사태로 백 명 이상의 주민들이 세상을 떠난 고립된 산간마을에 구호물자를 옮기던 적십자 차량이 IS의 공격을 받아 여섯 명 전원 사망했습니다. 그중에는 그곳 지역을 잘 알아 차량과 동행했던 제 동료도 끼어 있었어요. 유엔 보고서에 의하면 지난해 아프가니스탄에서 IS의 공격으로 숨지거나 다친 사람이 899명이나 된다고 합니다. 이곳 바그람은 겉보기엔 안전한 곳이에요. 미국 공군기지가 주둔하고 있는 곳이니 그럴만하지요. 유서 깊은 기원전 페르시아제국의 고대 도시이며, 실크로드의 요지로 많은 고대 유적이 남아있는 바그람은 공군기지 따위로 쓰이기에는 너무 아까운 곳입니다.

아무 일이 일어나지 않아도, 실려 들어오는 환자들의 신음 소리만 들어도 내 마음속은 어디나 전쟁터입니다. 모니터로 당신의 글을 읽는 순간만큼은 전쟁터에서 사랑하는 사람의 편지를 읽는 것처럼 행복합니다. 가끔은 "이제 다시는 편지를 쓰지 않겠어요. 당신은 너무 멀리 있네요." 이런 글이 날아올까 조마조마하기도 하답니다. 이제 세상의 모든 곳이 전쟁터가 되었지만, 하긴 그렇지 않은 적이 있었을까요?

당신이 마카오에 다녀왔다니 새삼 라스베이거스가 생각나네요. 마카오의 내면 풍경을 실감나게 그려낸 당신의 편지를 읽으며, 언젠가 라스베이거스에서 신비롭고 낯선 혹성 같은 호텔들의 분위기에 넋이 빠져 카지노엔 관심조차 없었던 내 모습을 보는 것 같았답니다. 당신과 함께 그곳에 가고 싶습니다. 현실적인 세상 걱정은 잠시 물품 보관소에 맡겨두고, 사치와 낭비와 망각의 풍경들이 펼쳐지는 곳으로 말입니다. 아픔과 상처와 광기로 가득한 전쟁터와는 가장 먼 곳이 그런 곳이 아닐까 생각합니다.

당신의 손을 잡고 디즈니랜드에도 가고 싶습니다. 미국에 살 때는 그저 상업적인 장소로 여겨졌던 디즈니랜드가 그리워집니다. 당신의 손을 잡고 색 색깔의 풍선을 한 손 가득 쥐고, 입에서 살살 녹는 아이

스크림을 먹으며 천국을 닮은 디즈니랜드 속으로 걸어 들어가는 모습을 상상해 봅니다. 문득 사람들로 들끓는 그곳에 자살 폭탄이 터지는 영상이 눈에 보입니다. 이게 요즘 내게 생긴 증후군이랍니다.

텔레비전을 켜니 당신이 살고 있는 서울 풍경이 나오더군요. 오늘은 한국인 동료에게서 꽃샘추위라는 말을 배웠어요. 파르르 추운 듯 느껴지는 당신, 당신이 살고 있는 서울은 멀리서 보기에 툭하면 폭탄 테러 소동이 나는 이곳이나 그리 다르게 보이지 않습니다. 왠지 서걱거리는 사막의 모래바람이 당신의 주변을 감싸고 도는 황량한 풍경이 그려집니다. 아니 꽃이 피고 있다고요? 세상 어디서나 꽃이 피는 계절, 꽃은 우리 마음과 아무 상관 없이, 아니 꼭 우리 마음처럼 흐드러지게 피고 있네요. 저 꽃이 무슨 생각을 하는지, 울고 있는지 웃고 있는지 알 수 없어도, 꽃은 늘 내일도 살아남으라는, 꽃이 져도 죽지 말라는 메시지를 보내는 것 같습니다.

텔레비전에서 난파선 세월호의 모습이 흐린 영상으로 지나가고, 그 모습이 마치 내 모습처럼 마음속에 무겁게 내려앉았어요. 순간 빗줄기처럼 무거운 내 영혼을 때리며 누군가 이렇게 묻는 것 같았습니다. "이렇게 낯설고 먼 곳에서 누구를 위해 도대체 무엇을 하고 있는 거야?" 실제로 폭탄이 터지지 않아도 마음속으로 매 순간 터지는 폭탄 소리, 실제로 본 적도 없는, 자살 폭탄 조끼를 열고 수많은 사람을 죽이고 자신도 죽고 마는 어린 소녀의 영상이 자주 꿈속에 나타납니다. 어젯밤 꿈에는 난파선 세월호에 당신이 있는 것 같아 안타까운 마음으로 온 배 속을 뒤지고 다니는 악몽을 꾸었습니다. 멀리서 허둥대는 당신이 구명조끼를 입고 있는데 다가가 보니 자살 폭탄 조끼였어요.

이렇게 무서운 꿈을 꾸고 나면 오히려 마음이 밝아지는 건 왜일까? "인간의 삶의 목적이 행복이라면, 오늘 행복하지 않다는 건 얼마나 억울한 일일까?" 어디선가 들은 말 같기도 한데 혹시 당신이 들려준 말은 아닌지 모르겠네요.

아주 오래전 당신의 기억과 페이스북 속의 사진들과 내가 갖고 있는 당신의 그림, 그것만으로도 사랑하기엔 부족함이 없는데, 아니 당신밖엔 없는데, 사랑한다고 말하면 당신이 답하겠지요. 사랑의 환영이라고. 사랑은 가까이서 만지고 끌어안고 냄새 맡는 거라고. 아- 나는 당신의 '위대한 개츠비'가 되고 싶습니다.

아무것도 바라지 않고 무조건 당신만을 사랑하며 당신을 위해 대신 죽는 위대한 개츠비, 하지만 위대한 감정은 연료를 필요로 한다는 걸, 아프게 깨닫는 봄날입니다.

#14
오래 걸으려면 천천히 걸어라

〈위대한 개츠비〉, 당신은 멀리 있지 않아요. 문득 그 영화 속의 화려한 저택에서 열리던 파티 장면이 떠오르네요. 파티를 별로 좋아하지 않지만, 그렇게 화려한 풍경 속으로 지금 당장 당신의 손을 잡고 들어가고 싶어요. 때로 전쟁의 반대말은 평화가 아니라 파티가 아닐까 하는 생각이 들 때가 있어요. 환한 불빛 아래서 춤을 추는 사람들, 와인 잔들이 부딪치는 소리, 여자들의 화려한 의상. 가끔은 영화 속에서라도 그런 장면을 보고 싶어져요.

〈위대한 개츠비〉, 몇 년 전 '레오나르도 디카프리오'가 주연을 맡은 영화의 영상이 훨씬 더 화려했는데도, 전 한 참 때의 '로버트 레드포드'가 개츠비로 나왔던 그 옛날 영화를 더 좋아한답니다.

이왕이면 꿈속에서라도 봄날의 디즈니랜드 같은 파티에 당신과 함께 가고 싶어요.

난파선에서 구명조끼를 입고 둥둥 떠다니거나 폭탄 조끼를 입고 당신의 꿈속에 출몰하는 나는 누구일까요? 가끔 이 세상 전체가 침몰하는 배처럼 느껴져요. 위험한 건 나일까? 내 친구 당신일까? 뒤돌아보면 누구나처럼 늘 행복하지만도 불행하지만도 않았던 우리들의 과거는 영화 같기도 꿈같기도 해요. 남편과 처음 만났던 스웨덴 스톡홀름의 감라스텐 거리에서부터 신혼여행 비슷하게 떠났던 이탈리아의 시칠리아를 여행하는 동안만큼은 행복했어요. 지금도 다시 가보고 싶은 곳이 있다면 바로 시칠리아예요. 영화 〈말레나〉가 생각나는 도시, 시라쿠사의 두오모 광장에 가보셨나요? '모니카 벨루치'가 주인공을 맡았던 눈부시게 매혹적인 여인 '말레나'는 남편이 전쟁터에 나간 사이 독일군 장교들에게 몸을 팔며 살아가죠. 전쟁이 끝난 뒤 독일군에게 몸을 판 죄로 두오모 광장에 끌려 나와 마을 사람들에게 돌팔매질을 당하지만, 전쟁에서 살아 돌아온 남편의 품에 안겨 당당히 광장 위를 걸어가는 여자, 영화 〈말레나〉를 찍은 그곳에서 남편은 말했어요. 당신이 내가 전쟁터에 나간 사이 적군의 품에 안겨 생활고를 해결했다 해도 자기는 괜찮다고. 아니 지켜주지 못해 너무 미안해서 남은 생애 동안 당신만을 영원히 사랑하며 살 거라고. 아마 그 순간은 진실이었으리라 믿어요.

그는 생각 밖에도 참 아는 게 많은 사람이었죠. 시칠리아의 중세 도시 '에리체'에서의 밤, 유럽식의 고풍스런 돌바닥이 흐린 불빛 사이로 신비롭게 빛나던 밤, 그 초현실주의적인 풍경 속에서 남편은 사랑한다고 다짐하듯 말했어요. 남편과의 여행이 그리 행복하지 않으면서 왠지 한기를 느끼기 시작했던 건, 팔레르모의 카타콤베(catacombe) 시체박물관에 갔을 때부터였어요. 그곳은 몇백 년 전에 발굴된 공동묘지에서 썩지 않고 그대로 남은 시신들이 전시된 곳으로, 세계의 관광객들이 찾는 명소였어요.

벽에 빼곡하게 걸려있는 박제된 시신들의 모습은 편안한 얼굴, 고통스런 얼굴, 고개를 숙이거나 젖힌 얼굴 등, 뼈만 남은 시신들의 표정은 산 사람들이 그렇듯 같은 표정이 하나도 없었어요. 수많은 시신의 표정들을 스쳐 지나며 모골이 송연해지다가 어느새 그 풍경에 익숙해진 자신을 발견하게 되죠. 그곳에서 가장 인기 있는 시신은 태어난 지 석 달 만에 죽은 아기의 시신이었어요. 그 아버지의 극진한 열망으로 갖은 묘약을 다 써서, 죽은 그 순간 그대로 보존된 아기의 시신은 볼마저 발그레하게 보였어요. 참 믿을 수 없는 게 세상사죠. 석 달 된 아기는 그렇게 관광객들에게 가장 사랑받는 시신으로 남아있어요. 한 치의 간격도 없이 다닥다닥 벽에 걸려 편안히 누워 죽지도 못하는 시신들을 보며, 죽음이란 그저 아무것도 아니라는 생각이 들었어요. 가족의 유골을 애틋해하는 것도 잠깐, 곧 모든 주검은 서서히 기억 속에서 잊히죠. 그를 둘러싼 동시대 사람들이 다 가고 나면, 그저 다 잊히죠.

남편은 그곳에 들어가자마자 신경질적인 반응을 보이며 이런 걸 전시하는 사람들은 미친 사람들이라고 욕을 퍼부어댔어요. 사실 그 말이 틀린 것도 아니죠. 토할 것 같다며 먼저 나가버린 남편을 잊은 채 저는 하염없이 시신들을 구경했어요. 결국 우리 모두가 죽은 뒤엔 저렇게 옷걸이처럼 걸려있는 시신 말고는, 아니 재가 되어 아무것도 남지 않는다는 확신을 그때 갖게 되었을지도 몰라요. 그곳에 갔던 날 밤, 남편은 밤새 토했어요. 그때는 몰랐지만 분명 남편은 여러 가지 면에서 환자였어요.

나는 남편이 열정이 있는 사람이라 좋았어요. 아니 어쩌면 열정밖에 없는 사람이었는지도 모르겠네요. 하지만 잘 안다고 생각한 사람의 몇 퍼센트나 우리가 알고 있을지 자신은 없어요. 그가 내가 누구인지 모르듯, 나도 그가 누구인질 몰랐을 뿐이죠. 하지만 서로 잘 만난 사람들은 상대가 누군지 다는 몰라도 비교적 가깝게 알고 있을 거라 생각해요. 그 사람은 이런 짓은 할 수 없는 사람이라든지, 이럴 때는 이렇게 할 거라든지, 예측의 오차범위가 비교적 작은 그런 사람을 만나는 건 행운이죠.

어느 아침 눈을 뜨자 밤새 끄지 않고 켜둔 라디오에서 이런 목소리가 흘러나왔어요.

"만약 그런 게 가능하다면, 평생을 지키고 싶은 열정이라면, 머뭇

거리면서도 결코 그 길 위에서 내려오지 않는 은은한 열정을 권유한다. 오래 걸으려면 천천히 걸어야 하는 것처럼."

그 말을 듣는 순간, 문득 눈이 번쩍 뜨이고 귀가 멀리 열렸어요. 그리고 제 마음속엔 이런 생각들이 계속 출렁거렸어요. 만일 그 긴 기찻길에서 내려오지 않는 은은한 열정이 가능하다면, 평생 걸려서 끝나지 않을 사랑이 가능하다면, 그런 사랑을, 아니 그게 굳이 사랑이 아니어도 좋은 사랑을 누군가와 나누고 싶었다고. 그리고 그 사람이 당신일지도 모르겠다고.

#15

사랑은 지는 게임

지금 여기는 밤이고, 나는 당신을 생각하며 영화 〈바그다드 카페〉의 배경음악 〈Calling You〉를 듣고 있습니다. 어제는 시칠리아를 여행하는 꿈을 꾸었답니다. 그곳에서 당신을 찾아다니는 꿈속에서 보일 듯 보일 듯 당신은 보이지 않았어요. 당신이 쓴 '평생 가는 은은한 열정'이라는 말이 계속 머릿속에서 맴돌았고, 시칠리아 아주머니 한 분이 내게 다가와서 저 안에 당신이 있다고 먼 곳을 가리켰는데, 가보니 그곳은 바로 당신이 얘기한 카타콤베, 시체박물관이었습니다.

얼마나 슬프던지 막 들어가려는데 이미 그곳은 입장 시간이 끝났다는 겁니다. 그러다 잠이 깼는데, 안도의 한숨이 쉬어졌어요. 내가 보지 않은 죽음은 죽음이 아니니까요.

문득 당신의 목소리가 듣고 싶어지는 밤입니다. 전화 한 통이면 들을 수 있을 텐데, 이 망설이는 마음은 무엇인지요. 며칠 전에는 또 카불에서 폭탄 테러가 일어나 지진이 난 것처럼 도시가 온통 강하게 흔들렸습니다. 마침 약속이 있어 카불 시내에 갔던 나는 폭발 현장을 멀리서 목격하게 되었죠. 피 흘리며 아우성치는 사람들을 바라보며 그날만큼은 의사가 되고 싶지 않았지만, 그래도 천직인지라 달려가 의료진과 함께 부상자들을 치료했습니다. 늘 그렇듯 또 수많은 사람이 죽어갔습니다.

얼마 전 이곳에 한국인 간호사 한 분이 새로 오셨답니다. 그녀의 목소리를 듣는 순간 나는 당신의 목소리를 들은 것처럼 전율했어요. 나이는 당신보다 젊었지만, 또렷한 말투와 낮은 목소리는 타인에게 뭔가 평화스런 느낌을 일깨우기에 충분했습니다. 당신의 목소리가 그럴 것 같은, 그런 목소리, 그녀와 짧은 몇 마디를 나누며 나는 당신이 이곳에 있는 착각을 잠깐 했답니다. 그녀에게 영화 〈바그다드 카페〉를 아느냐고 물으니 자기가 좋아하는 영화라고 하더군요. 내용은 별로 없지만 그냥 그 평화스런 분위기가 좋았다나요. 뚱뚱한 여주인공이 마술을 하는 장면이 잊히지 않는다더군요.

어제는 영국에서 또 폭탄 테러가 일어났고, 이제 세상은 그 어느 곳도 안전하지 않은 듯 보입니다. 한국인 간호사에게 한국은 위험하지 않냐고 물으니 이곳과는 비교도 안 되게 안전하다 하더군요. 사실 우리 모두는 그 어디서든 살아있는 날까지는 안전한 건지도 모르겠습니다. 서울에 내 여자친구가 살고 있다 하니 뛸 듯이 반가워하며 이름이 뭐냐고 물어서 말해주니 놀랍게도 그녀는 당신이 혹시 그림을 그리는 사람이냐고 묻더군요. 한국에서 병원에 근무할 때 당신이 환자들에게 그림 그리는 법을 가르쳐 주었다고요. 자기도 환자들을 따라서 그림을 그리곤 했답니다.

세상이 참 좁다는 생각을 한 건 이번이 처음이 아니었죠. 시리아 사막의 오아시스 도시 '팔미라(Palmyra)'로 가는 사막 한가운데 있던 진짜 '바그다드 카페'에서 당신 그림을 보았던 날의 놀람이 되살아납니다. 혹시 당신이 내 눈앞의 세상에 마술을 걸고 있는 건 아닐까 생각합니다. 눈앞에 없는 것을 있는 것으로 바꾸어 사람을 즐겁게 하는 속임수, 그게 마술이라면 당신의 마술은 언제나 내게 즐거움 이상의 화두를 던집니다.

바그다드 카페에 걸려있던 그림은 누가 갖다 놓은 것일까? 나는 늘 궁금합니다.

당신을 안다는 한국인 간호사는 어느 날 환자들에게 그림을 가르치던 당신이 이제 그림은 각자 그리고 마술을 해보자던 말에 깜짝 놀랐답니다. 문득 〈바그다드 카페〉라는 영화 속 주인공이 떠올라서였답니다. 몸매가 가냘픈 당신을 보면서 왜 영화 속 뚱뚱한 여주인공이 떠올랐는지 알 수가 없었다 하더군요. 요즘도 가끔 꿈속에서 당신이 마술을 하는 모습을 본다고 해요. 오래전에 본 80년대 영화 〈바그다드 카페〉는 바로 전쟁을 평화로 바꾸는 마술을 예언하고 있었던 건 아닐까 생각합니다. 틈만 나면 나는 그녀와 당신에 관한 이야기를 나눕니다.

파리에서 런던에서 카불에서 폭탄 테러가 일어나도, 알라는 위대하다고 외치며 자폭하는 외로운 늑대들을 텔레비전에서 봐도 새삼 놀랄 일이 아닌 듯, 우리는 당신에 관한 이야기를 끝없이 나눕니다. 사랑하는 사람의 이야기를 같이할 수 있는 상대가 있다는 건 참 행복한 일입니다.

어제 그녀는 그때 그 시절 어쩌면 당신을 사랑했던 것 같다고 하더군요. 젠더를 초월한 우정보다는 색깔이 짙고 묘한 감정이었다고 덧붙였습니다. 당신 이후 자신이 사랑했던 남자는 IS에 가담한다며 터키로 떠났답니다. 그를 찾으러 터키 곳곳을 헤매다가 누군가 비슷한 사람을 보았다는 소식을 듣고 이곳으로 왔다고요. 그녀가 제일 좋아하는 노래는 이른 나이에 약물 중독으로 세상을 떠난 '에이미 와인하우스'의 〈사랑은 지는 게임(Love is losing game)〉이랍니다. 그래서 나도 말해주었어요. 사춘기 시절 내가 좋아했던 노래는 '폴 매카트니'가 부른 〈정크(Junk)〉라는 노래라고.

아주 옛날에 내가 사랑하던 여자가 떠나간 연인 이야기를 하면서 '따라라라라라 라라라'하는 노래 〈정크〉를 들려주었다고. 그 시절 나는 그녀와, 말로만 들은 그녀의 떠나간 연인과, 그가 좋아했다는 노래

〈정크〉를 다 같이 사랑했는지도 모른다고. 그리고 나중에 그 여자가 내 아내가 되었다고. 세월이 또 많이 흘러 나는 내 아내도, 그 노래를 좋아했다던 아내의 옛 연인도 다 잊어버리고 그냥 〈정크〉라는 노래만 내 안에 남았다고.

간호사 아가씨는 내 복잡한 심정을 안다는 듯이 '에이미 와인하우스'가 부른 노래를 특유의 낮은 목소리로 불렀습니다. '사랑은 지는 게임, 마음을 아프게 하는 기억.', '내 남자가 만일 잘못된 전쟁을 지지한다면 나도 그 전쟁을 지지할 거야.'

우리는 서로 보고 싶은 사람을 그리워하면서 아프가니스탄산 와인 두 병을 깨끗이 비웠습니다. 그녀가 언제 간지도 모르게 나는 또 당신 꿈을 꾸었습니다. 내 방에 걸려있는 당신 그림 속 소녀가 당신이 되어 내 곁에 앉아있는 꿈을. 결코 깨고 싶지 않은 그런 꿈을.

#16
만일 내 남자가 잘못된 전쟁을 지지한다면

여기는 여름 장마가 한창입니다. 눅눅한 실내에 제습기를 온종일 틀어놓아요. 몇 시간만 지나면 용기 안에 가득 찬 물을 버리면서, 공기 중에 그렇게 많은 습기가 스며있다는 사실에 놀라곤 해요. 우리 안의 출렁이는 슬픔도 그렇지 않을까 생각합니다. 오래전 대학병원에서 환자들에게 그림을 가르친 적이 있어요. 그중에는 불치병을 앓고 있거나 오래된 우울증을 앓는 사람들도 있었죠. 〈Love is losing game〉이라는 노래를 좋아하던 간호사 아가씨랑 친하게 지냈던 기억이 떠오르네요. '에이미 와인하우스(Amy Winehouse)'라는 처음 들어본 가수의 노래를 직접 불러주던 그녀는 환자들 사이에서 인기가 좋았어요. 바로 그녀가 당신과 가까이 있다니 믿어지지 않네요. 〈Love is losing game〉. 그녀를 생각하면 그 노래가 떠올라요.

"만일 내 남자가 잘못된 전쟁을 지지한다면 나는 그 전쟁을 지지

할 거야." 당신에게 들려주었다는 그 노래도 아직 귓속에 쟁쟁해요. 그러더니 정말 그런 남자를 만나고야 말았죠. 그는 저한테 그림 그리기를 배우던 환자 중 한 사람이었어요. 한국인 어머니에 아랍 쪽 혈통을 지닌 드문 혼혈로 크고 짙은 눈동자를 지닌 그 남자를 그녀는 많이 사랑했어요. 강박증이 심하던 그 남자의 병은 자신이 누군가를 죽였다고 상상하는 심각한 증세였죠. 좁은 골목길을 걸어가다가 문득 뒤를 돌아보면 자신이 죽인 시체가 있어야 하는데, 만일 없다면 자신이 어딘가에 파묻었을지도 모른다는 모호한 기억에 시달렸어요. 그림을 그리라면 그는 늘 뒤돌아보는 자신의 이미지를 그리곤 했죠. 생각해보니 헤어진 남편의 증세도 그와 비슷했어요.

어느 날은 새벽에 깨어 자고 있는 저를 깨우더니 "당신 살아있었네." 하는 거예요. 누군가 아내를 죽여 산속에 파묻었다는 뉴스를 보면 그 살인자가 자기가 아닐까 하는 생각에 사로잡히곤 한다고 말했어요. 시칠리아의 팔레르모, 시체박물관에서 가슴에 통증을 느끼던 남편의 모습이 떠오르네요. 그런 강박으로부터 도망치기라도 하듯 그는 카지노에 빠져 살았어요.

노래를 잘 부르던 간호사 아가씨와 저는 서로의 상처에 대해 많은 이야기를 나누었어요. 헤어진 남편 이야기를 하면 그녀는 귀를 쫑긋 세우고 호기심에 가득 찬 눈으로 이야기를 자꾸만 더 해달라고 졸랐어요. 하긴 들을수록 신기한 이야기이긴 하죠.

남편은 마카오 출신의 유명한 카지노딜러였던 남자와 사랑에 빠져 내 곁을 떠났다고. 정확히 남자라기보다는 트랜스젠더라 말하는 게 정확한 표현이라고. 언젠가 뉴욕 소호에서 팔짱을 끼고 걸어가는 그 둘은 정말 행복해 보였다고. 카지노에 미쳐서는 심심하면 돈을 달라고 조르던 남편에게 도박은 잘못된 전쟁이었다고. 결코, 나는 그 잘못된 전쟁을 지지할 수 없었다고. 남편이 그 잘못된 전쟁을 늘 지지해 주는 사람과 어디선가 행복하길 바란다고. 언젠가 고스란히 다 내주고 싶던 내 사랑은 사랑이 아닐지도 모른다고. 언젠가 내게 다 주었다는 남편의 사랑도 마찬가지이듯이. 사랑이 무엇인지 궁금했던 날들이 그립지는 않다고. 그저 사랑은 명멸하는 불꽃 같은 거라고. 그저 하나씩 둘씩 꺼져가다 드디어는 캄캄한 순간이 오고야 말 생의 불꽃 같은 거라고. 그러니 춤도 사랑도 삶도 캄캄해질 때까지, 더 이상 못할 때까지 계속하는 거라고. 긴 여행을 떠났을 때 실컷 구경 잘했다, 그런 기분으로 집으로 돌아가는 기분, 죽음도 그렇게 맞을 수 있다면 최고가 아니겠냐고.

그 시절 사랑스런 그녀는 제 말이라면 뭐든지 다 들어주었어요. "언니가 남자라면 난 그곳이 어디든 언니를 따라갈 거야"라고 말하곤 했죠. 그 시절 저는 정말 그녀를 데리고 멀리 떠나고 싶었어요. 한 번도 가보지 않은 세상의 반대쪽으로. 남자거나 여자거나 그런 건 하나도 중요하지 않았죠. 그러던 중 그녀는 눈동자가 깊고 짙은 그 남자와 사랑에 빠져버렸어요.

그림을 가르치던 어느 날 저는 이제 미술은 각자 하고 마술을 해보자고 환자들에게 말했어요. 제가 배웠던 마술의 기초적인 수업을 그들에게 몇 번 가르쳐주었을 때, 사랑스런 그녀가 사랑한 그 남자는 선생님 덕분에 마술을 할 수 있게 되었다며 병원을 떠났어요. 나중에 듣기로는 터키로 들어가 시리아 쪽으로 갔다고 하는데, 어쩌면 시리아사막 한가운데 있다는 바그다드 카페에 걸려있는 제 그림은 사랑스런 그녀에게 언젠가 제가 그려준 그림인지도 모르겠네요. 그녀는 사랑하는 그 남자에게 뭐든지 다 주고 싶어 했어요. 언제부터인가 그녀로부터 소식이 아주 끊겼어요. 가끔 그녀가 그립기도, 소식이 끊긴 그녀가 섭섭하기도 했고요.

세월은 그렇게 급류에 휩쓸린 듯 마구 흘러갔어요. 나중에 들으니 그 남자를 찾으러 먼 길을 떠났다고 하더군요. "만일 내 남자가 잘못된 전쟁을 지지한다면, 나는 그 전쟁을 지지할 거야." 요즘도 그 노래가 가끔 기억 속에서 맴돌아요. 안부를 전하지는 말아주세요. 그냥 그렇게 잘 살길 빌어요. 얼마 전에 세상을 떠난 중국의 인권 운동가 류사오보(劉曉波)가 아내 류샤(劉霞)에게 남긴 마지막 말은 "잘 사시오"였대요. 중국혁명의 지도자 쑨원(孫文)은 아내 쑹칭링(宋慶齡)에게 "그대에게 준 것이 아무것도 없구나. 우리가 같이한 집안의 추억과 집 밖의 꿈을 그대에게 주고 간다." 그렇게 말했다 하네요. 정확한 말인지는 모르지만, 참 무거운 짐을 아내에게 남겨준다는 생각이 들었어요. 집 밖의 꿈이라니. 어쩌면 집 밖의 꿈을 꾸는 모든 남자들은 종류는 다 다르겠지만, 다 잘못된 전쟁을 하고 있는지도 모른다는 생각이 드는, 장마 속입니다.

#17

당신은 그런 사람이 되어줄 수 있나요?

당신의 편지를 읽으며 새로 온 한국인 간호사를 생각합니다. 그녀는 누가 남자친구를 카불에서 보았다는 소식을 듣고 정신없이 달려가더군요. '사랑, 그것은 믿는 것이다.' 그녀의 얼굴은 그렇게 말하고 있었습니다. 하지만 믿는다는 것은 무엇일까? 어떤 실수나 잘못을 해도 결국은 내 편이 되어줄 거라는 관용의 의미를 내포하는 것이리라 생각합니다.

어제는 아프간 동부에서 미군이 탈레반 대원들을 상대로 실시한 공습으로 일가족 열세 명이 사망하고 열다섯 명이 부상을 당했습니다. 물론 숨어있던 탈레반 대원들도 수십 명 사망했고요. 서로 죽이고 죽는 이 작은 전쟁들에서 민간인들은 오늘도 하릴없이 죽어갑니다. 문득 요즘 뉴스마다 떠들썩한 당신의 나라를 떠올립니다. 그곳에 당신이 살고 있다는 생각만으로도 마음이 조마조마해집니다. 바그다드에서, 맨체스터에서, 런던에서, 파리에서, 브뤼셀에서 자살폭탄 테러 소식이 끊이질 않고, 지구 한편에서는 폭우와 지진 같은 자연재해로 수도 없는 사람들이 죽어갑니다. 당신이 이곳을 생각하면 너무도 위험하듯이 여기서도 당신의 작은 나라는 너무 위험해 보입니다. 나의 친구, 삶이 선물이라면, 살아남는 것은 그 선물에 대한 보답일 겁니다.

오늘은 아픈 동생을 업고 병원에 온 열 살 소년에게 무엇이 되고 싶냐 물으니 순교자로 살고 싶다 하더군요. 지뢰를 밟아서 다리 하나를 못 쓰는 소년은 주저하지 않고 말했습니다.

사는 건 좋은 건데 왜 그렇게 위험하게 살려 하는지 물으니 그래도 순교자가 되고 싶다는 겁니다. 누가 너에게 이런 생각을 하도록 했냐고 물으니 그냥 자기 자신이랍니다.

알라가 우리보고 죽으라고 명령하는 게 아니라 우리가 스스로 죽음을 선택하는 거라던, 뉴스 속에서 본 소년 대원이 문득 오버랩되더군요. 죽은 뒤에 원하는 게 뭐냐는 물음에 알라를 만나고 싶다고, 알라가 잘했다고 말해주길 바란다고 하던 소년 자살 폭탄 테러범의 무섭고 슬픈 꿈이 온 병원의 벽마다 더덕더덕 붙어있는 것 같아 가끔은 소름이 끼칩니다.

어쩌면 의사가 된다는 건 어떤 상처에도 무감각해진다는 건지도 모릅니다. 맨 처음 시신 해부 실습을 했던 날을 가끔 떠올립니다. 실습 대 위에 천으로 덮인 시신들이 있었고, 쿵쿵 하고 심장 뛰는 소리가 들렸습니다. 절대 시신에서 들릴 리 없는, 나 자신의 심장 뛰는 소리였습니다. 개구리나 흰 쥐를 해부해 본 적은 있어도 사람은 처음이었습니다. 그 두렵고 경건하고 떨리는 기분이 날이 갈수록 무뎌져, 수많은 죽음들이 매일매일 실려 나가는 이곳에서 아예 잊힌 것은 아닌지 생각합니다.

맨 처음 시신 해부 실습을 한 날, 헤어진 전처에게 처음으로 데이트 신청을 했습니다.

망설이던 모든 일들이 아주 사소한 일들로 생각되더군요. 사소한 일들, 그것처럼 내가 사랑하는 게 있을까? 삶과 죽음의 갈림길 같은 무거운 길이 아니라, 당신처럼 사소한 그림을 그리며 사소한 일들로 기뻐하고 슬퍼하며 그렇게 살고 싶었는데. 너무 멀리 온 것 같습니다.

의사가 된 걸 후회하지는 않습니다. 언젠가 이라크 전쟁 발발 직전 바그다드에 사는 고등학생들이 적십자사를 통해 미국의 학생들에게 보낸 편지가 생각나네요. "이라크에 꿈 많은 한 소녀가 있었는데 전쟁 때문에 그 소녀가 꿈을 이룰 수 없었다는 걸 사람들이 알아줬으면 좋겠어요. 난 미래에 내 꿈이 이루어지길 바랄 뿐이에요. 의사가 되어서 죽어가는 사람들을 돕고 싶어요." 벌써 옛이야기가 되어버렸지만, 그 소녀는 의사가 되어 죽어가는 사람들을 돕고 있을까? 아니 전쟁 통에 살아남기라도 했을까?

언젠가도 말했듯 나는 의사가 아니라 화가가 되고 싶었습니다. 지금부터라도 늦을 건 없겠죠. 아니 그림을 사랑하는 사람이 되는 게 훨씬 좋을지도 모릅니다. 어쩌면 뭔가가 되려는 생각은 한 번도 해본 적이 없는 것도 같습니다. 어쩌면 의사가 된 건 의사가 되고 싶어서가 아니라 누군가를 돕고 싶어서였을 겁니다. 세상에는 누군가를 돕고 싶은 사람과 무언가를 남기고 싶은 사람이 있습니다. 이 지긋지긋한 전쟁의 한가운데 뛰어든 것도 따지고 보면 누군가를 돕고 싶어서라고, 아니죠. 그냥 외로워서 일지도. 순교자가 되고 싶다는 이슬람의 후예들은 그 외로움에 오래된 무거운 상처의 역사가 덧붙여집니다.

1200년 전 세계의 중심은 고대문명의 발상지인 바그다드였습니다. 철학과 과학, 문학과 예술의 중심지였던 바그다드는 1492년 콜럼버스의 대서양 횡단 이후 세계사의 무게중심이 서유럽으로 옮겨진 역사 왜곡 탓에 저평가되기 시작한 거라 합니다. 세계의 중심이었던 바그다드, 우리가 따로 또 같이 본 영화 미국 서부 모하비사막 한가운데가 설정인 〈바그다드 카페〉, 시리아에서 이라크로 가는 길목 사막 한가운데에 있던 진짜 '바그다드 카페', 그곳에 걸려있던 당신의 그림, 당신과 내가 소식을 주고받는 사이버 공간 '바그다드 카페', 언제 함께 진짜 바그다드를 가볼 수 있을까요? 더 이상 어디서도 폭탄이 터지지 않는, 근사한 고대 유적들이 황혼 속에 빛을 발하는 바그다드에 당신과 함께 서 있는 풍경을 떠올립니다.

알베르 카뮈는 이렇게 말했습니다. "문명이 스스로를 망가뜨리지 않도록 막는 게 작가의 임무다." 이 전쟁의 한가운데서 나는 가끔 문제적 인물 히틀러를 떠올립니다.

"나는 잘못되었지만. 세상은 더욱 잘못되어 있다. 국민을 다스리는 데는 빵과 서커스면 된다. 쓸모 있는 인간이란 사람을 때릴 수 있는 인간뿐이다. 불멸의 업적과 나의 이름이 역사에 길이 남을 것임을 알고 나는 기쁘게 죽는다." 그는 채식주의자에다 금연 금주의 제창자였으며 동물과 어린이를 좋아한 사람으로도 유명합니다. 자살 직전에 중얼거린 한마디는 "음악이 끝나면 불을 꺼 주게"였답니다. 히틀러가 미술학교에 합격했다면 역사는 달라졌을까? 우리가 맨해튼의 어둑한 소호 거리에서 우연히 다시 만났다면 우리의 삶은 달라졌을까?

"죽기 전에 단 한 사람이라도 믿어보고 죽고 싶다. 당신이 그런 사람이 돼 줄 수 있습니까?"

- 나쓰메 소세키의 소설《마음》중에서

_ 당신의 친구

#18

우리만의 외계어로

당신의 편지를 읽고 내내 이 구절이 마음속에 맴돌았어요. "죽기 전에 단 한 사람이라도 믿어보고 싶다." 우리는 그런 사람을 한 번도 만나보지 못할 만큼 과연 운이 나빴던 걸까?

믿는다는 건 나에 대한 그 사람의 정절, 혹은 세상의 모든 것을 같이 공유하는 그 많은 믿음에 관한 수많은 정의겠지요. 혹시나 내 사랑하는 사람이 언젠가의 한때, 나 말고 다른 사람을 사랑했다면, 그래서 그들이 마음뿐만이 아닌 몸을, 한 번뿐이 아니라 오래도록 공유했다면, 그렇다면 그가 과연 나를 사랑하지 않은 걸까? 어쩌면 더 외로웠던 사람은 나 하나만이 아닌 두 사람을 사랑했던 바로 그 사람은 아닐까? 이 복잡한 생각의 한가운데서, 사랑이란 믿음이라기보다는 그냥 주고 싶은 마음이 아닐까 생각합니다. 비가 오면 우산을, 감기 걸리면 감기약을, 따뜻한 이부자리와 먹음직한 빵과 고기를. 이 유물론의 한가운데서 물질이 있는 곳에 마음이 있음을 벗어날 수 없는 우리들 인간의 사랑입니다.

스톡홀름에 살던 사랑하는 언니가 미국으로 이사를 가서 자리를 잡은 지 오래라고 제가 말했었나요? 그녀가 세상의 모든 소리가 다 들려오는 알 수 없는 병과 싸우고 있다는 이야기도 했었던가요? 세상은 늘 전쟁 중이지만, 잠자리가 날개를 부비는 아주 작은 소리부터 무지하게 큰 소리까지 세상의 모든 소리가 아주 자세하게 들려오는 병을 앓으며 뼈만 남은 언니는 오늘도 자신의 병과 전쟁 중이죠.

뉴욕에서 당신과 스쳐 지났을 무렵, 남편과 헤어진 뒤 뉴욕에서의 생활을 정리하고 언니가 사는 스톡홀름으로 가서 한참을 살았어요. 해지는 감라스텐 거리의 선술집에서 혼자 와인 한 병을 다 비우고는 세상에서 가장 고독한 사람을 자처하던 그 시절이 전생같이 멀리 느껴집니다. 그곳에서 아무것도 할 수 없었던 나는 다시 뉴욕으로 돌아가 여전히 낮에는 월스트리트에 있는 금융회사에서 일하고, 주말에는 그림을 그리면서 세월을 보냈어요. 가끔은 그림이 팔리기도 해서 어느 날은 명품들이 죽 걸려있는 5번가에 가서 아주 비싼 코트를 사 입기도 했죠. 지금도 옷걸이에 걸려있는 그 코트는 제 뉴욕 시절의 흔적 중 하나로 남았어요. 그리고 무엇이 남았을까? 기억보다 오래가고 기억보다 빨리 사라지는 게 있을까요?

그날은 날씨 좋은 초가을 아침이었어요. 그날따라 온몸에 열이 나고 감기기가 있어서 사무실에 쉬겠다는 전화를 해야 하겠다고 생각하며, 커피 한 잔을 들고 창가로 나가 앉았어요. 갑자기 어마어마한 폭발음이 들리더니 거짓말처럼 비행기 한 대가 우리 아파트 강 건너편에 있는 세계무역센터 북쪽 건물을 향해 날아와 부딪쳤어요. 제 눈을 의심했지만, 그건 꿈이 아닌 현실이었어요. 얼마 안 있어 또 다른 폭발음이 들려왔고, 또 한 비행기가 남쪽 건물과 충돌했어요. 거대한 짐승 같던 쌍둥이 빌딩이 완전히 폭삭 주저앉는 데는 한참이 걸렸지만, 납치당한 항공기에 탑승했던 승객 266명이 전원 사망하고, 사망 또는 실종된 삼천여 명의 인명 피해가 나는 데는 찰나의 시간이 걸렸을 뿐이었죠.

이 어마어마한 테러의 주요 용의자는 물론 '오사마 빈 라덴'의 추종 조직인 알카에다와 팔레스타인 해방 기구 산하 무장 조직인 이슬람 테러 조직들이 관여되어 있다고 텔레비전 속보가 흘러나오고 있었어요. 텔레비전에 비치는 그 높은 빌딩에서 뛰어내리는 사람들의 모습은 처연했어요. 살기 위해 떨어지는지 죽기 위해 떨어지는지 그 아무도 알 수가 없는 막다른 생사의 길로 떨어지는 사람들의 환영이 아직도 가끔 꿈에 나타나요.

그 일이 일어나자마자 미국 대통령 조지 부시는 테러와의 전쟁을 선포하며 빈 라덴이 숨어있는 아프가니스탄에 보복 전쟁을 일으켜 아프가니스탄 전역을 함락한 뒤, 2년 뒤에는 이라크 전쟁을 일으켜 20일 만에 완전 함락시키고, 아직도 테러와의 전쟁은 계속 중이죠. 이 끝이 없는 보복의 역사는 과연 끝이 날까요? 이제 제한된 한 지역이 아니라 세상 모든 곳이 언제라도 전쟁터가 될 수 있다는 사실에 경악하면서, 당신도 나도 살얼음판을 걸어가고 있는 건 아닌지 생각합니다. 라디오에서 문득 이런 내용이 흘러나오는군요.

"2000년 전에 유대인의 땅이었던 이스라엘은 이후 2000년 동안 팔레스타인의 땅이었다. 이차 대전 이후 미국은 팔레스타인의 땅을 유대인들에게 돌려주라는 결정을 내려, 이스라엘이라는 나라가 생겼다. 제 땅에서 쫓겨난 팔레스타인 사람들은 2000년 동안 살았던 땅을 빼앗기고 오열과 증오로 세상을 대하기 시작했다. 증오는 증오를 낳고 끊임없이 상속된다. 하지만 2000년이 지난 뒤 팔레스타인 영토에 대한 유대인들의 땅의 권리를 돌려준 것은 과연 옳은 일이었을까?"

돈도 금도 지혜도 아닌 증오의 상속이라니, 옳은 건 과연 무엇일까요? 당신은 왜 그 고독한 바그람에서 외로운 나날을 보내고 있나요? 문득 이렇게 말하고 싶어져요.

"인간은 복수하는 존재다."

언니가 라스베이거스로 이사를 한 건 실내 건축 디자이너인 스웨덴인 형부가 새로 짓는 라스베이거스의 어느 호텔 인테리어를 맡게 되면서부터였어요. 그 화려한 라스베이거스에 살면서부터 언니에게는 작은 소리들이 들려오기 시작했어요. 옆집에서 들리는 작은 기침소리나 숨소리까지 점점 크게 들리기 시작했대요. 병원에 가 봐도 아무런 병의 이름을 찾아낼 수 없었고, 아마도 언니가 그 병에 걸린 최초의 환자인지도 모른다고 하더래요. 얼핏 듣기보다 아주 심각한 증상들이 이어졌어요. 가족들은 아주 작은 소리로 속삭이듯 말을 건네야만 했는데, 가끔 들리는 웃음소리는 언니의 머리를 깨버릴 듯 크게 들려서 아무도 그녀 곁에서 웃지도 않고 말을 하지도 않게 되어버렸죠. 가족들이 실내에서 라디오도 텔레비전도 스마트폰도 켤 수 없었으니 언니는 점점 고립되어갔어요.

제가 서울에 돌아와 살기 시작한 즈음, 그때만 해도 남들이 듣지 못하는 작은 소리들이 들리는 정도였던 언니는 제게 라스베이거스에 와서 그림을 그리며 살면 안 되겠냐고 물었어요. 카지노에 관심도 없으면서 늘 라스베이거스의 낯선 우주 같은 분위기를 좋아하는 제겐 참 희소식이었지만, 헤어진 남편이 마카오와 라스베이거스를 오가며 살고 있다는 소문을 들은 뒤엔 왠지 그곳에 가기가 망설여졌어요. 그 사람의 연인이 마카오의 새로 생긴 최고급 호텔의 카지노 지배인이 되었다는 소식을 들은 지도 한참 되었네요. 그에게 또 다른 연인이 생겨서 그들이 헤어졌다는 소식을 들은 건 얼마 전이었어요.

언젠가의 익산 미륵사지 석탑 앞에서 "볼 것도 하나 없네." 하는 내게 "너는 왜 저 여백을 보지 못하니?" 하던 그 여유 있는 언니가 그 많은 소리들이 다 들려 온몸과 마음에 통증을 느끼다니 이해할 수 없는 일이었죠. 병원에 가면 아무런 이유가 없다는 데 온몸에 통증을 느끼는 병이란 아무에게도 동정조차 받기가 어렵기 마련이죠. 하루는 언니가 전화 속에서 말했어요. "모국어로 말한다는 건 행복이야. 나는 네가 모국어를 주고받을 수 있는 사람과 행복하기를 바라." 그러면서 자신의 통증은 하고 싶은 모국어는커녕 말을 하지 못해서 오는 병이라고도 했어요. 왜냐면 남의 말은 물론이고 자신의 말소리도 너무 크게 들리니까요.

언니는 갖가지 귀마개를 다 사들이기 시작했어요. 그래도 소리는 그치지 않았고 계속 새로운 소리들이 들려오기 시작했어요. 문득 당신이 떠올랐어요. 언니는 스웨덴인 형부와 영어로 대화를 나누는 일이 그렇게 외로웠을까? 그들은 제2외국어로 대화를 나누어야 했으니까 그럴 수도 있을 거라는 생각이 들어요. 둘 중의 한 사람은 모국어로 말해야 하지 않을지, 그런 생각이 스치고 지나가네요. 하지만 말이 그렇게 중요할까요? 누구와도 전화 통화를 하지 않은 지 너무 오래되었어요. 문자를 쓰거나 카톡을 치거나 이 메일을 보내거나, 편지형 인간이 된 지 너무 오래 되어버렸네요. 하긴 잘 통하는 사람과 모국어로 이야기하면 참 행복하죠. 잘 통하는 외국인과 이메일을 나누어도 행복한 건 마찬가지죠. 중요한 건 그들의 모국어는 둘만의 언어라는 거예요. 그 어느 나라의 말도 아닌 외계어, 하지만 사람들이 그러는데 그런 시간은 얼마 가지 않는대요. 하지만 내 친구, 우리는 오래오래 우리만의 외계어로 이야기해요.

우리만의 언어, 우리만의 우정, 우리만의 사랑….

3장 총성과 음악

자신의 고독 속으로
깊이 침잠하는 존재가 아니라
당신의 손끝이 세상을 향한
행복의 마술지팡이가
되어줄 수도 있다는 걸 아는 존재,
그렇게 환한 햇살 같은 사람

#19

당신의 장미와 캔디가 거짓이었다 해도

언니의 간곡한 부탁으로 오랜만에 간 라스베이거스는 참 많이 달라져 있었어요. 자동차를 타고 라스베이거스 근처의 모하비사막을 아무리 달려도 기억 속의 영화 〈바그다드 카페〉는 그곳엔 없지요. 그래도 왠지 사막 한가운데 있는 허름한 카페 문을 열고 들어서면 영화 속처럼 바흐의 평균율 클라비어 곡이 흘러나올 것만 같은 착각이 드네요.

영화 속의 뚱뚱한 여주인공이 마술을 걸어 순간이동을 하는 것처럼 금세 라스베이거스에 도착했어요. 모든 소리가 다 들리는 언니에게 라스베이거스는 견디기 힘든 도시라는 생각이 들더군요. 그래도 세상의 모든 소리를 막아주는 다양한 귀마개 덕분에 언니는 견딜만하다고 했어요. 단지 힘든 건 사람과의 소통이라고. 밤이 되면 언니를 집 안의 적막 속에 두고 매일 이 호텔에서 저 호텔로 구경을 하느라 참 즐거웠어요. 라스베이거스는 세상에서 결혼도 이혼도 그 절차가 가장 간단한 도시여서, 미국 각 도시에서 결혼을 하려는 사람들과 이혼을 하려는 사람들이 몰려온대요.

사막에 파이프로 물을 끌어들여 아름다운 호텔 공화국으로 만든, 참을 수 없는 존재의 가벼움을 보여주는 도시, 나는 늘 라스베이거스를 그리워했어요. 아이러니하게도 카지노 불빛만 보아도 현기증이 나는 내가 그 화려한 라스베이거스를 그렇게도 좋아하다니 이해할 수 없는 일이었지만요. 낯선 혹성에 떨어진 것 같은 이국적인 느낌, 이 호텔에서 저 호텔로 수성에서 금성을 넘나들 듯 하루 종일 호텔 구경을 하면서 하루를 다 보내도 좋았어요.

인간이 만들어놓은 세상에서 가장 아름다운 인공도시, 라스베이거스의 호텔들을 돌아보며 나는 문득 영화 〈설국열차〉를 떠올렸어요. 화려한 스트립 쪽에 '벨라지오', '베네치안', '코스모폴리탄', '시저스팰리스', '윈' 같은 고품격 호텔들이 몰려있고, 뉴욕과 파리의 분위기를 그대로 옮겨놓은 '뉴욕 뉴욕', '파리스 호텔' 등이 연달아 이어져 있어요. 도로의 양쪽 끝으로 갈수록 오래되고 시설이 낙후된 호텔들이 보이기 시작하죠. 처음 생겼을 때는 물론 다 호화로운 호텔이었을 테지만요.

당신도 가보았겠지요. 같은 체인의 호텔들이 있기는 하지만, 마카오보다는 훨씬 규모가 크고 또 분위기가 많이 달라요. 만화 원작을 영화로 만든 〈설국열차〉를 보셨나요?

기상 이변으로 백색 사막이 되어버린 지구에서 마지막 생존자들이 설국열차에 타고 철로 위를 순환한다는 내용의 영화예요. 그 열차의 호화로운 앞칸에는 권력자와 부자들이 타고 있고, 뒤로 갈수록 빈민들이 타고 있는 열차 안에서의 생존 경쟁이 숨 막히게 펼쳐지는 그런 이야기가 이 화려한 라스베이거스 풍경에 오버랩되다니, 엉뚱하지만 제게는 딱 그렇게 보였어요. 호화 객실인 앞칸에는 푸른 채소와 맛난 고기들이 제공되고, 꼬리 칸에서는 굶주리고 오물에 치여 서로 죽이거나 스스로 삶을 마감하는 사람들이 생존을 위해 몸부림치는 곳, 어쩌면 설국열차는 우리들 삶의 현장인지도 모르죠. 숨 가쁘게 움직이는 영상들과 화려한 광고판들로 눈이 빙빙 돌아가는 고급 호텔 구경이 다 끝나면 슬슬 오래된 호텔들로 발길을 옮겨요.

마치 연극무대처럼, 골동품처럼 낡아가는 호텔 중에서 인상적인 호텔 하나가 '서커스 서커스' 호텔이에요. 들어서자마자 꿈속처럼 어수선한 풍경들이 연출되면서, 먼 나라 동화 속에나 나올듯한 낡은 놀이기구들이 곳곳에 놓여있는 그곳에는 유독 어린이 구경꾼들이 많았어요. 그래서 더 꿈속처럼 느껴지더군요. 카지노와 아이들은 왠지 어울리지 않는 그림이었어요.

타임머신을 탄 듯 오래된 카지노 기계들이 낯선 풍경을 연출하는 곳, 그곳에 들어서니 엘비스 프레슬리의 흑백 사진이 새겨진 낡은 카지노 기계에서 엘비스 동전들이 쏟아져 나오고 있었어요. 동전이 떨어지는 소리와 기계가 덜거덕거리는 소리를 들으며 어쩌면 언니의 병은 카지노 기계에서 떨어지는 동전 소리에서 시작된 건 아닌지 잠시 그런 생각이 들었답니다. 그 덜거덕거리는 소리는 수많은 다른 소리들로 증폭되다가 드디어는 총성으로 들려왔어요. 동전 소리가 총소리로 들리다니, 언니가 그랬거든요. 귀를 꽉 막으면 어디선가 먼 총성이 들려온다고.

무슨 애니메이션 영화 속의, 이런 노랫말이 떠올랐어요.

"세상엔 오늘도 나만의 총성이 울리네. 부질없는 모래바람이 불어가네. 누군가는 죽어가고 누군가는 새로 태어나네. 무언가는 사라지고 무언가는 새로 생겨나네. 끝없이."

끝없이 떨어지는 동전 소리를 들으며, 엘비스 프레슬리 사진이 새겨진 낡은 카지노 기계를 들여다보는데, 뒤쪽에서 박수 소리가 났어요. 소리가 나는 데로 가니 늙수그레한 한 남자가 마술을 시작하고 있었어요. 마치 설국열차의 꼬리 칸에 설치된 것 같은 낡은 무대 위에 때가 꼬깃꼬깃 묻은 하얀 연미복을 입은 남자가 옛날식 마술을 시작하고 있었어요. 삼십 년 전의 기억을 불러일으키는 오래된 마술을 보는 일은 향수를 불러일으켰지만, 눈물이 나도록 슬픈 기분이 들었어요. 연미복 안쪽에 아무것도 없다는 걸 확인시키고는, 마임이 섞인 약간의 코믹한 제스추어를 보여준 다음 그 품속에서 비둘기가 푸드득거리며 날아오르는 걸 보다가 이런 시 구절도 떠올랐는데, 출처는 생각이 나지 않았어요. "당신의 장미와 캔디는 거짓이었다는 걸, 그래도 행복했어요." 그 소리는 "당신의 마술이 거짓이었다 해도 행복했어요." 그런 말로도 들렸어요.

'서커스 서커스' 호텔을 나와 이집트 피라미드를 재현해놓은 '룩소르' 호텔을 구경하다가 긴 통로를 통해 이어진 '만달레이 베이' 호텔로 넘어갔어요. 예전에는 초호화 호텔이었을 그곳 상가의 골동 가게들을 둘러보니 과거 속을 여행하는 것 같아 묘한 기분이 들더군요. 다음 날 밤 그 호텔 야외 공연장에서 하는 컨트리뮤직 페스티벌 표를 한 장 사고는, 오래전에 가본 기억을 더듬어 모노레일을 타고 라스베이거스의 다운타운을 찾아갔어요. 라스베이거스의 오리지널 다운타운인 프리몬트 밤거리에는 450미터에 걸친 70년대식 라이트 쇼가 아직도 한창 진행 중이었죠. 거리 한가운데에서 화려한 네온사인을 맞으며 한동안 서 있었어요. 스트립의 현대적인 영상들과 달리 빈티지 올드 스타일의, 하지만 나름 화려한 카지노 전광 불빛은 7, 80년대로 돌아가듯 정겨웠지만 쓸쓸했어요. 마치 오래된 과거의 한 장면 속으로 돌아간 것 같은 느낌 아시죠?

세계에서 가장 큰 슬롯머신이라는 마티니 글라스, 핑크 플라밍고, 동전 비디오 릴 등 예전에 들은 이름들을 떠올리는데, 누군가 내 어깨에 손을 얹으며 낯익은 한국말로 "안녕하세요?" 하는 거였어요. 돌아보니 카지노 딜러인 헤어진 남편의 연인이었어요. 그 옆에는 남편 대신 아주 잘생긴 나이 든 미국 남자가 서 있더군요. 그들은 내게 다정한 눈길을 다시 한번 주고는 총총 사라졌어요. 무슨 생각으로 내게 아는 척 인사를 건네고 지나가는지 궁금한 생각이 들더군요. 만일 나라면 그냥 모르는 척 지나갈 텐데 말이죠. 하긴 그게 뭐가 다르겠어요?

멍하니 그들의 뒷모습을 바라보다가 다운타운에서 가장 유서 깊은, 세계 최대의 금괴가 있다는 '골든 너겟' 호텔의 중국 음식점에 들어가 음식을 시키려는데 나이 든 중국인 웨이터가 주문을 받으러 와서는 한국분이냐고 묻더군요. 그렇다 하니 여자친구가 한국 여자인데, 곧 오겠다는 말을 남기고 가서는 돌아오지 않는다고 푸념을 늘어놓았어요.

모든 돌아오지 않는 사람들을 떠올리며 중국식 볶음밥과 만두 수프를 먹는데 갑자기 눈물이 났어요. 뜨거운 국물이 목구멍에 눈물처럼 흘러들어오는데, 귓속에는 여전히 쉴 새 없이 동전 떨어지는 소리와 귀마개를 한 언니의 귀에 들리는 총소리가 섞여 참을 수 없는 소리로 증폭되어갔어요. 어쩌면 언니의 소리 병이 전염되는 건 아닌지 걱정을 하면서, 문득 헤어진 남편을 생각했어요. 어디서 뭐 하며 살아가고 있는 걸까요? 기억 속의 흐릿한 그 얼굴은 곧 당신의 얼굴로 옮겨갔어요.

낯설면서 낯익은 얼굴, 그러나 몹시 가까운 느낌의 단 한 사람이 있다는 생각만으로 잠시 슬픔이 멎는 것도 같았어요. 언젠가 짧은 기간이었지만, 일이 많아 도우미를 몇 달 동안 둔 적이 있어요. 그런데 그녀는 도벽이 몹시 심했어요. 매일 무언가 없어졌고, 나는 모든 걸 감추기 시작했죠. 지갑도 향수병도 질 좋은 화장품도 소중한 모든 것들을요. 하긴 휴지도 음식도 세탁세제도 시시한 일상용품들도 안 가져가는 게 없었죠.

모든 소중한 것들을 감추기 시작한 나는 이제 그것들을 찾느라 힘들어졌어요. 어떤 때는 너무 깊숙이 감춰놓아서 찾을 수가 없곤 했어요. 그러다가 결국 "나의 적은 바로 나였던 거다." 하는 어느 시인의 시가 생각났어요. 너무 깊숙이 감춘 바람에 내 소중한 것들을 찾는 일은 쉽지 않았고, 그 못 말리는 감추는 버릇은 도우미가 가고 난 뒤에도 계속되었어요. 그러다 문득 스스로 자신의 행복을 깊숙한 곳에 감춰놓고, 어디에 있는지 매일 찾는 일을 하고 있다는 생각이 들더군요.

끝없이 이어지는 생각들을 접고 일어나 언니에게로 돌아가니 스웨덴인 형부는 아직 귀가하지 않았고, 언니는 여전히 귀마개를 하고 초췌한 모습으로 앉아있었어요. 다음날 '만달레이 베이' 호텔에서 개최되는 콘서트를 같이 가고 싶었지만, 언니는 모든 소리를 참을 수 없는 지경이라 말도 꺼내지 못하고 말았죠. 다음 날 밤 나는 즐거운 마음으로 콧노래를 부르며 '만달레이 베이' 호텔 야외 콘서트장으로 달려갔어요. 그렇게 무서운 일이 일어날지는 상상도 못 한 채로요.

#20

가장 좋은 시간은 저녁이다

당신이 그 위험한 곳에 있었다니, 그럼에도 살아있다니, 눈물이 날 만큼 행복합니다.

이곳의 삶 속에서 일상이 되어버린 자살 폭탄 테러 소식에는 웬만해서는 놀라지도 않는 가슴이지만, 당신이 겪었을 공포가 가슴에 전해져와 한동안 멍하니 있었습니다.

요즘 가끔 나도 라스베이거스에 가고 싶다는 생각을 했답니다. 이곳에서 환자들과 씨름하다 보면 라스베이거스란 이름만 들어도 가슴이 두근거리죠. 노동을 잊어버린 놀이의 세계, 가끔은 그런 곳이 사무치게 그리워집니다. 그러다 마침 라스베이거스 총기 난사 사건 뉴스를 듣고 깜짝 놀란 사이, 당신의 편지를 받았습니다.

아주 가끔 꿈속에서 세상의 나쁜 사람들을 다 죽여 버리는 꿈을 꿉니다. 그리고는 어디론가 하염없이 도망을 치죠. 이유도 없이 총기 난사 사건을 벌인 후 자신의 머리에 한 방 쏴버리는 행위는 우리 같은 사람은 꿈속에서조차 하지 못하는 일입니다. 게다가 전과기록도 약물 중독 기록도 없는 평범한 은퇴한 회계사가 벌인 총기 난사 사건이라니, 매일 새로운 유형의 범죄가 탄생하나 봅니다. 범인 '스티븐 패덕'은 사흘 전에 호텔 32층에 미리 투숙한 뒤 길 건너편 야외 콘서트장에서 공연을 보고 있던 이만이천 명 관객을 향해 총기를 난사했다 하더군요.

그 안에 당신이 있었다는 건 내가 꾼 모든 악몽 중에서도 가장 끔찍한 악몽이었습니다. 32층에서 군중을 내려다보며 무차별 난사를 했다는 소식을 들으니, 보스니아의 사라예보의 산 위에서 평지를 내려다보며 세르비아계 군인들이 크로아티아계 사람들을 향해 무차별 총기 난사를 벌였던 보스니아 내전이 생각납니다. 전쟁이 끝난 뒤 폐허가 된 사라예보에서도 한 1년 근무했었답니다. 새파랗게 젊을 때였죠. 꿈속에서 낮은 곳을 내려다보며 사람들을 다 쏴 죽여 버리는 꿈은 사실 세상의 나쁜 사람들을 향한 분노 같은 것이었습니다. 악인들만 모아놓고 총기 난사를 해대면 얼마나 속이 시원할까요? 하지만 세상이 너무 복잡해져서 마치 사람을 물어 죽이는 개를 미리 알아보는 것처럼이나 악인을 구분하는 일은 그리 쉬운 일이 아니지요.

세상을 놀라게 한 끔찍한 범죄를 일으키는 사람의 사이코패스적 성향도 과거의 어두운 순간들에 닿아 있을 거라 생각합니다. 소위 나쁜 부모, 나쁜 유전자, 주인을 물어 죽인 평소에는 순한 애완견처럼 그 마음을 다 들여다볼 수는 없는 일이죠.

언젠가 매스컴에서 하루 종일 떠들어대는 자신의 끔찍한 범죄를 마치 자신과는 아무 상관도 없는 듯, 멀쩡한 표정을 한 살인범을 텔레비전에서 본 적이 있습니다. 그의 끔찍한 범죄에 관한 매스컴의 설명이 길어질수록 점점 더 본질과 멀어지는 기분이 들더군요.

육십이 넘도록 아무 일도 벌이지 않고 누구의 눈에도 위험한 인물로 보이지 않고 살아오다가 한꺼번에 터진 그의 광기는 과연 그만의 것일까? 어쩌면 선도 악도 전염되는 것일지 모릅니다. 단지 악의 전염이 그 속도가 더 빠른 건지도. 종교적인 이유도 아니고 전쟁의 목적도 아닌 이유 없는 살인이라는 게, 게다가 살 만큼 살아온 사람의 행동이라는 게 가장 믿어지지 않았습니다. 그 사람의 머릿속엔 어떤 생각들이 들어있었을까요? 우리는 아주 선함도 갖고 태어나지만, 반대로 엄청난 살의 역시 타고나는 건 아닐까 하는 생각이 들 때가 있습니다.

의사는 누군가를 살리는 직업이지만, 때로 실수로 사람들을 죽이는 일도 흔한 일이죠.

엉뚱하게도 인턴 시절 시체 해부를 했던 어느 날이 생각납니다. 다섯 명이 한 조가 되어 시신 한 구를 해부할 때는 경건한 의식을 치르는 기분까지 들었습니다. 각자 하루는 팔, 하루는 다리, 이런 식으로 가지고 와서 혼자 해부를 한 날들도 떠오릅니다. 그것도 업무를 마친 밤에 아무도 없는 실험실에서 말이죠. 논문을 쓰기 위해서라고 호흡을 가다듬었지만, 솔직히 머리끝이 비죽비죽 서곤 했습니다. 시간은 보통 때는 활을 떠난 화살처럼 눈 깜짝할 새 흘러가지만 아주 가끔은 1분씩 또박또박 느리게 흘러가기도 하죠. 바로 그때가 그렇게 또박또박 느리게 흘러가는 시간 중의 하나였습니다.

내가 해부를 맡았던 시체의 손에 커다란 보석 반지가 끼워져 있었는데, 그 반지가 아무리 빼려 해도 쉽게 빠지지 않았어요. 겨우 반지를 빼서는 동료들에게 술 한 잔 거나하게 사겠다고 뻥을 쳤지요. 보석이 꽤 커서 값이 꽤 나갈 듯 보였거든요. 인턴들 세 명이 보석 반지를 들고 보석상에 가서 감정을 했는데 그건 가짜 보석 반지였습니다. 도대체 어떤 사정으로 그는 그 커다란 가짜 반지를 낀 채로 죽은 걸까요?

그 반지를 버린다고 하면서 어딘가 두고는 그냥 잊어버렸던가 봅니다. 그 반지가 며칠 전 꿈속에 내 손에 끼워져 있었어요. 그게 내가 언젠가 해부했던 시신의 손에 끼워져 있던 반지라는 생각은 꿈에서는 들지 않았습니다. 게다가 그게 가짜였다는 것도 생각나지 않았어요.

그저 참 큼직한 값나가는 반지라는 생각이 스쳐 갈 뿐이었지요. 그 반지를 작게 줄여서 나는 누군가를 주기 위해 파티장으로 가는 중이었어요. 아마 내 결혼식인 것도 같고 장례식인 것도 같았어요. 어쨌든 내가 파티장에 도착하기 바로 전 멀리 차 속에서 바라본 풍경은 나의 신부가 기다리고 있는 파티장에 자살 폭탄 테러가 일어나 거기 모인 사람들이 다 사망하는 끔찍한 꿈이었습니다. 나는 누군지도 모르는 나의 신부를 향해 울부짖으며 아수라장이 된 파티장으로 뛰어가는데, 누군가 내 어깨를 툭 치며 신부를 살려 줄 테니 반지를 돌려달라고 했어요. 엉겁결에 상자째로 반지를 그에게 내주었는데, 줄여서 예쁘게 세팅한 그 반지는 얼굴은 보이지 않고 손만 보이는 덩치 큰 남자의 손가락에 마치 제 것처럼 딱 맞아 들어갔어요.

깨서 생각하니 이 꿈이 길몽인지 흉몽인지 구분이 가지 않는 사이에 라스베이거스 참사 뉴스를 들었고, 곧 당신의 편지를 받았습니다.

반지 주인이 나의 신부를 살려준 걸까? 그렇게 엉뚱한 생각들 사이로 또 오후가 지나가고 있습니다. 누군가 "가장 좋은 시간은 저녁이다"라고 썼던 기억이 나네요. 그 말은 아마도 우리가 속절없이 흘려보낸 청춘을 아까워하지 말라는 뜻이겠지요. 짧은 순간 당신이 총에 맞아 죽었을지도 모른다고 생각하니 내 마음이 갑자기 급해졌나 봅니다.

근사한 반지를 사 들고 청혼하러 가는 파티에서 기다리고 있는 신부가 당신이라면 얼마나 좋을까? 그렇게 엉뚱한 생각이 드는 저녁입니다.

#21

인간은 선물하는 동물이다

저 살아있답니다. 이만이천 명의 사람들이 '루트 91 하베스트 뮤직 페스티벌'에 음악을 즐기러 온 공연장에서 마침 '제이슨 알딘'이 카우보이모자를 쓰고 노래를 부르는 중이었어요.

갑자기 어디선가 폭죽 소리가 들리기 시작했고, 어쩌면 슬롯머신에서 잭팟이 터지는 소리처럼도 들렸어요. 공연은 중단되었고, 맞은편 높은 곳에서 섬광이 번쩍하는 걸 본 순간, 여기저기서 사람들이 푹 꼬꾸라지며 쓰러졌죠. 폭죽 소리가 아니라 누군가 맞은편 호텔 고층에서 공연장을 내려다보며 자동 기관총으로 마구 쏘아대는 거였어요.

발이 얼어붙어 그 자리에 주저앉은 채 기어가는 사람들, 소리를 지르며 여기저기로 총알을 피해 뛰어가는 사람들로 공연장은 아수라장이 되었어요. 독 안에 든 쥐들처럼 이리저리 뛰기 시작하는 사람들 속에서 저도 몸을 낮추고 어디론가 뛰기 시작했어요. 바로 내 옆에서 누군가 푹 하고 쓰러졌지만 그를 돌볼 겨를은 없었어요. 누군가 비명을 지르며 쓰러지는 사람의 옆모습이 얼핏 헤어진 남편처럼 보이기도 했고, 머릿속이 하얘지면서 뛰어가는 내 귓속에 빗발치듯 들리는 총소리는 언니의 귀에 매 순간 들려오는 바로 그 소리가 아닐까 하는 생각 아닌 생각이 들기도 했어요.

귀를 막고 마구 달리는 공포의 순간은 한 5분 이상 이어졌다는데, 그 시간은 한두 시간은 된 것처럼 길게 느껴졌어요. 아우성치는 사람들과 빗발치는 총소리 속을 정신없이 뛰어서 공연장 밖으로 겨우 빠져나와 계속 뛰었어요. 누구라 할 것도 없이 사람들은 끝없는 마라톤 경주를 하듯 계속 뛰었어요. 뛰다 보니 다른 호텔의 입구가 보였고, 안으로 들어서니 카지노에서는 사람들이 평화롭게 게임을 하고 있었죠.

미친 듯이 지옥을 벗어나 뛰어온 사람들은 모두 엘리베이터를 향해 몰려갔어요. 고층에서 범인이 총기 난사를 하고 있으니, 높은 곳에 올라가면 안전할 거라는 생각이 들어서였죠. 범인이 어디 있는지 어디로 움직이는지도 모르는 채 사람들은 계속 뛰어서 엘리베이터 앞으로 몰려갔지만, 호텔 측에서 못 올라가게 막더라고요. 다 죽으면 책임질 거냐고 악을 쓰는 사람들로 엘리베이터 문은 열렸고, 고층으로 올라가 숨죽이며 숨어있는데, 누군가 겁먹은 소리로 범인이 쫓아오고 있다고 소리쳤어요.

범인이 어디에 있는지, 높은 곳에서 내려와 이제는 도망가는 사람들을 쫓고 있는지조차 알 수 없는 공포심은 낯익은 홀로코스트 영화를 연상케 했어요. 유대인 수인들이 노동을 하고 있는 수용소 마당을 향해 건물 위층에서 무차별로 총을 쏘아대는, 나치 장교가 등장하는 영화 장면이 뇌리를 스치고 지나갔어요. 아무래도 영화를 너무 많이 본 탓이라는 생각도 스쳐 갔고요. 영화와 현실과 몽상이 섞여들어 뭐가 뭔지 알 수 없는 피곤함이 몰려왔어요. 다 도망친 뒤에야 이제 죽어도 그리 억울할 것도 없다는 허무감이 엄습했답니다.

정신을 차리고 보니 사람들이 하나씩 둘씩 다 내려가고 내가 숨어있던 복도에는 아무도 남지 않고 나만 혼자 멍하니 앉아있었어요. 나중에 알고 보니 범인은 경찰이 급습하기 바로 전 자살해버렸다는데, 그 뒤에도 아무 생각 없이 그저 살기 위한 본능으로 계속 뛰어다녔다는 사실이 새삼 신기하게 느껴졌어요. 죽으려면 혼자 조용히 죽을 일이지 혼자 죽는 게 그렇게 억울했을까? 전과 하나 없는 은퇴한 회계사 출신인 범인의 아버지가 자살 충동을 느끼던 사이코패스로, 은행강도 전과가 있다 하더군요.

유전자처럼 무서운 것은 없죠, 어쩌면 위대한 예술가의 가계가 그렇듯, 끔찍하고 중대한 범죄도 특수한 가계에서 대를 물려 이루어지곤 하니까요. 유람선에서 비디오 포커를 즐기는 넉넉한 삶을 살던 그는 한 번의 이혼 경력에 자녀는 없고, 사랑하는 여자친구가 있다고 했어요. 범인이 총기 난사를 벌이기 전에 마지막으로 한 일은 어머니와 동생에게 문자 메시지로 안부를 묻고, 여자친구인 필리핀계 호주 국적의 '매릴루 댄리'의 은행 계좌로 십만 달러를 송금한 일이었대요.

범인의 동생 '에릭 패덕'은 텔레비전 인터뷰를 통해 바로 그녀가 형 '스티븐 패덕'의 생애에서 형이 뭔가 해주려고 했던, 사랑했던 거의 유일한 사람일 거라고 말했어요. 그녀는 고액 베팅을 즐기는 고객들을 상대하는 카지노 종업원으로 일하면서 범인을 알게 되었다고 하더군요. 그녀는 중혼주의자이며 동시에 두 사람과 결혼했고, 두 개의 사회보장제도를 갖고 있다는 알아들을 수도 없는 말들이 텔레비전에서 흘러나왔어요. 중혼주의자라니, 어쩌면 힘들게 살다 보니 그렇게 되었던 걸까요? 세상에는 별사람이 다 있고 별의별 주의가 다 있지만, 사랑하는 사람에게 무언가를 주고 싶다는 마음은 모든 생물이 지닌 공통의 감정이 아닐는지요.

어쩌면 인간은 선물을 하는 동물인지도 모르겠어요. 아니 인간뿐 아니라 모든 생명체가 그럴지도 모르죠. 언젠가 본 《내셔널 지오그래픽》 채널에서, 돌고래도 여자친구에게 선물을 한다는 장면이 나와 혼자 웃었어요. 돌고래도 맘에 드는 암컷에게 해조류를 뜯어다 준다는군요.

인간뿐 아니라 동물도 선물을 한다는 걸 보면서, 산다는 건 그 자체가 선물이며, 그 선물 속의 선물은 사랑이라고, 아무리 주어도 아깝지 않은 상대가 있다는 건 행복이라고.

그런 생각이 들었던, 살아있는 날의 아침입니다.

#22

실낱같은 희망도 여기까지다

상상은 했지만, 당신이 그렇게 극도의 위험 속에 있었다니, 생각만 해도 소름이 끼칩니다.

위험이 일상화된 이곳에서와는 또 다른 완전한 평화 속의 돌발적인 위험, 어쩌면 그것은 모든 생명체가 지닌 숙명인지 모릅니다. 그 알 수 없는 불안한 내일을 배경으로 '인간은 선물하는 동물이다'라는 당신의 말은 내겐 여전히 슬프게 들립니다. 내가 당신에게 무슨 선물을 할 수 있을지 하루 종일 생각합니다. 가까이 있다면 매일 꽃을 보낼 수도 있으련만…. 그 흔한 꽃 선물을 떠올리는 건 이 세상에서 가장 아름다운 건 꽃이라는 생각이 들기 때문입니다.

죽어 나가는 시신을 볼 때마다, 지금 살아있는 꽃의 생명이 더욱 눈부시게 느껴집니다. 하긴 세상에 꽃이 아닌 게 있을까요? 삶도 사랑도 어쩌면 죽음까지도 다 꽃이지요.

꽃을 생각하니 간호사 아가씨가 떠오릅니다. IS에 가담해 떠난 남자친구를 찾으러 그 먼길을 떠나왔던, 당신과 참 친했다는 그녀가 며칠 전 돌아왔습니다. 누군가 그를 봤다는 말을 듣고 온 세상을 다 돌아다녀도 남자친구는 없더랍니다. 아마 죽은 게 틀림없는 모양이라고 그녀는 지친 표정으로 말했습니다. 수많은 위험한 상황을 겪으며 찾아다녔을 걸 생각하니 마음이 아프더군요. 그녀를 위로해주느라 와인 한 병을 같이 마시며 밤새 그녀의 남자친구 이야기와 당신의 이야기를 번갈아 하던 중 먼동이 트기 시작했습니다.

누군가 시리아의 '락카(Raqqa)'에서 남자친구를 보았다는 말을 듣고는, 온갖 위험을 무릅쓰고 '국경없는의사회'의 일원으로 락카에 도착했을 때는 이미 IS 대원들이 갖은 만행을 저지르고 철수한 뒤였답니다. 약화되어 뿔뿔이 흩어진 조직으로부터 도망쳐 남자친구가 레바논으로 갔다는 소식을 듣고 레바논 국경으로 들어선 그녀는 꽃 한 다발을 안고 위험한 길거리에 서 있는, 시리아 내전을 피해 국경을 넘어온 수많은 시리아 난민 아이들을 보았답니다. 가족을 먹여 살리기 위해 꽃을 파는 치자꽃 소년들이 자정이 넘은 시각에 한 손에 장미꽃 다발을 다른 한 손엔 치자꽃 다발을 들고 서 있더랍니다.

소년에게서 치자꽃 한 다발을 사며 이 늦은 시간에 언제까지 서 있을 건지 물어보았대요. 꽃을 다 팔기 전에는 집으로 돌아갈 수 없다는 열 살 먹은 소년을 보며 그녀는 눈물이 멈추지 않더랍니다. 절벽 길 도로 위에서 운전자들에게 꽃을 파는 소년들이 사방에 깔려 있더래요.

삶과 죽음만큼이나 꽃과 전쟁은 정반대의 단어가 아닐는지요. 문득 세상의 모든 꽃을 다 당신에게 보내고 싶어집니다. 간호사 아가씨는 남자친구를 찾는 일에 동행해 준 국경 없는 의사회의 일원인 미국인 의사와 돌아올 때쯤엔 서로 호감을 느끼는 사이가 되었더랍니다.

분명히 갈 때는 애절한 마음으로 남자친구를 찾아 떠났는데, 돌아올 때 남은 건 눈에 보이지 않는 사람이 아니라, 그 눈에 보이지 않는 사람을 찾는 위험한 일에 동행해준 다른 사람이었다는군요. 참 잘된 일인데도 불구하고 그 말을 들으며 또 한 번 슬픈 기분이 들었습니다.

어쩌면 인생이란 늘 그렇게 뜻밖의 흐름으로 흘러가는지도 모릅니다. 눈에서 보이지 않으면 마음에서도 멀어진다는 그 평범한 진실을 확인하고 싶지 않아서 나는 또 먼 산을 바라봅니다. 오늘도 카불에서는 자살 폭탄 테러가 일어나 많은 사람이 죽었다는 뉴스가 라디오에서 흘러나오네요. 이제 누군가 죽었다는 말은 일상 용어가 되어 그저 아무렇지도 않은 무덤덤한 가슴인데, 죽은 사람들 중 하나가 바로 나라고 해도 하나도 이상할 것이 없는 게 이곳의 현실인데, 당신에게 편지를 쓸 때마다 나는 꽃의 마음이 됩니다. 이 청정하게 살아있는 행복한 글쓰기는 아무에게도 보여줄 수도 빼앗길 수 없는 삶의 선물입니다.

이슬람국가(IS)의 살해전담 조직인 '비틀즈(Beatles)'라는 이름을 들어봤나요? 인질 참수로 악명을 떨친 이들은 그 전설적인 영국밴드 비틀즈처럼 영국 국적의 대원 네 명으로 구성되어있고, 강한 억양의 영어를 사용해 IS 내에서도 비틀즈라고 불렸답니다. 지금은 쿠르드 민병대와 미군이 협력해 잔당을 일망타진했지만, 그 아름다운 영혼을 노래한 비틀즈와 같은 이름으로 사람을 잔인하게 죽이는 일을 했다니 아이러니하다는 생각이 드네요.

비틀즈 대원 중 마지막으로 체포된 코테이는 가나와 키프로스에서 영국에 이민한 부모 아래 태어났고, 엘세이크는 수단인 부모와 함께 런던으로 이주한 사람이래요. 우리 간호사 아가씨의 남자친구도 터키인 아버지와 한국인 어머니 사이에 태어난 혼혈이라더군요. 하긴 나도 아프가니스탄에서 미국에 이민 온 부모 아래 태어난 2세대이지요. 이 땅에 전쟁이 일어나고 내가 의사가 된 뒤에야 아버지의 슬픈 고향 아프가니스탄 땅을 밟게 되었지만요, 아버지는 늘 고향을 그리워했어요.

어릴 적 들었던 아프가니스탄 건국 설화에 의하면 신이 온 세상을 창조한 뒤 남은 쓰레기를 던지니 그 먼지가 모여 아프가니스탄이 되었다고 합니다. '신마저 버린 땅'이라는 뜻만 들어도 이곳은 왠지 비극적인 기운이 감돌죠. 18년째 끝나지 않을 전쟁 중인 아프가니스탄 사람들의 평균수명은 45세 내외이며, 40대만 되어도 노인 취급을 받곤 한답니다. 한집안에서 큰아들은 정부군 소속으로 작은아들은 탈레반으로 서로 총부리를 겨누는 일도 다반사죠. 대부분의 농토는 유실되고 원유도 바닥이 나, 유통되는 농작물이라곤 양귀비 정도로 카불에서 가장 인기 있는 곳은 아편굴이라고 해요.

19세기부터 강대국의 영토전쟁에 휘말렸던 참 슬픈 나라 아프가니스탄, 불교적으로 길게 보면 모든 인간의 알 수 없는 삶은 수많은 생의 원인이자 결과임을 인정하지 않을 수 없을 것 같습니다. 그들도 나 자신도 당신도 그 수많은 생 중의 하나를 살고 있을 뿐인데, 누군가는 오늘도 이왕이면 많은 사람들을 죽이려고 총기 난사를, 자살 폭탄을 계획하고, 누군가는 죽어가는 사람들을 살리러 위험을 무릅쓰고 달려갑니다.

아- 인간은 얼마나 선하며 동시에 얼마나 악한 것일까? 어쩌면 살아있다는 건 그저 따뜻함의 기억일지 모릅니다. 약속 시간까지의 비어 있는 공백, 비행기가 이륙하기까지의 기다림, 그동안에 마시는 따뜻한 커피 한잔, 이곳에서는 잊은 지 오랜 샤워기에서 흘러나오는 따뜻한 물, 노랫말을 알아들을 수 없는 먼 나라의 노래, 오늘이라는 장소는 그냥 우연히 지나치는 게 아니라 어딘가를 향해가는 가운데 꼭 들러야만 하는 필연의 장소 같은 아스라한 비현실적인 느낌, 설레고 기대되면서도 동시에 묵직한 느낌의 불안을 동반하는 모든 시작, 몹시 추운 날 두

꺼운 외투를 껴입고 거리를 걷는 살아있다는 그 따뜻한 느낌, 하지만 언젠가는 누구나 인정하지 않을 수 없게 될, "모든 것이 끝났다. 실낱같은 희망도 여기까지다"라는 패트릭 모디아노의 가슴 떨리게 실감 나는 '끝'에 관한 정의. 산다는 건 그저 그 끝에 도달하기까지의 하염없는 반복, 무의미 속에 숨은 '꽃' 같은 생명의 의미를 찾아내기, 당신에게 쓰는 이 끝나지 않을 나의 편지처럼. 오늘도 나는 가상의 공간 '바그다드 카페'에서 당신의 손을 꼭 잡아봅니다. 참 따뜻하네요.

#23

이젠 너무 늦었다

병원에서 환자들에게 그림을 가르치던 시절, 친했던 간호사 아가씨, 그녀의 얼굴이 또렷이 떠오릅니다. 화장기 없는 환한 얼굴에 늘 밝은 웃음을 짓던 그녀, 제가 갖지 못한 그 밝음이 참 좋았답니다. 캔버스에 밑칠을 해놓은 순도 높은 노란 색을 바라보며 그녀가 이렇게 말하던 기억이 나네요. "선생님 그림은 환해서 좋아요. 한겨울 웅크리고 있다가 환한 봄날 속으로 걸어 들어가는 기분이에요. 개나리랑 진달래, 목련이 확 피어있는 봄날은 환해서 더 슬퍼요." 그 시절 그녀는 제 환한 그림 속의 슬픔을 읽어내는 유일한 사람이었답니다.

'환한 그림' 하면 오래전 뉴욕 현대미술관에서 처음 본 마티스의 대형 색종이 그림이 떠오릅니다. 건강이 안 좋아져 붓으로 그림을 그리지 못하게 되자, 마티스는 늦은 나이 팔십에 가위로 오린 원색의 색종이들로 이제껏 존재하는 그림들 가운데 가장 환한 세상을 만들어냈습니다. 내 청춘을 압도하던 그 커다란 원색의 화면이 아직도 눈에 선하네요. “가위는 연필보다 한층 감각적이다”라고 말한 노년 마티스의 완전히 변화된 세계를 ‘그림 혁명’이라 부르고 싶습니다. “나는 내 그림들이 봄날의 밝은 즐거움을 담고 있었으면 한다. 내가 얼마나 노력했는지 아무도 모르게 말이다(앙리 마티스).”

어둠을 어둠으로 그려내는 것보다, 이 고단한 삶을 순도 높은 색채의 밝음으로 그려내는 일은 쉽지 않죠. 어쩌면 가장 어려운 일인지도 몰라요. 눈앞에 어른거리는 건 마티스의 밝은 그림인데, “시간은 흘러가는 강물일 뿐이며 삶은 산산이 조각난 계획”에 다름 아니라고 어느 영화에선가 보고 적어둔 우울한 글귀가 하루 종일 머릿속을 맴돌고 있네요. 왜 노래 한 소절이 이유도 없이 하루 종일 떠오르는 그런 날을 당신도 아시지요? 누구나 다 결국은 죽는다는 사실이 누구나 다 저마다의 슬픔과 고독을 지고 간다는 사실이 위로가 되지 않을 때가 있어요. 어쩌면 인간이 가장 이기적이 되는 순간인지도 모르죠.

라스베이거스에서 총기 난사 사건을 목격한 뒤 미국이라는 나라가 정이 떨어지더군요. 자살 폭탄 테러도 아니고 겉으로는 멀쩡해 보이는 전직 회계사의 총기 난사라니, 하긴 어딘들 안전하겠어요? 카불에서는 어제도 폭탄 테러가 일어나 많은 사람이 죽었다는 기사가 났더군요. 이제는 당신이 그 속에 있을 거라는 생각이 들지 않아요. 폭력이 일상이 된 공간 속에서 눈에 보이지 않는 영혼의 방탄조끼를 입고 날아다니는 당신의 환영을 봅니다.

총기 난사 사건이 벌어진 이후 세상의 소음이란 소음은 다 들리는 언니와 함께 꼼짝 않고 귀마개를 한 채 며칠을 지냈어요. 제 귀에도 총성이 들려오기 시작했으니까요. 절단한 지 오랜 팔다리에 없는 통증을 느끼는, 실체는 없지만 고통을 느끼는 '환상통'처럼 있지도 않은 수많은 소리들이 들려오는 병이 마치 전염이 된 것 같았답니다. 귀마개를 빼면 웅성거리는 소리들 때문에 아무것도 할 수 없었어요.

언니와 나는 사람들의 이상한 눈초리를 느끼면서 식당에 가서 밥을 먹고 아이쇼핑을 하고 근사한 호텔 카페에서 차를 마셨어요. 어떤 날은 식당에 밥을 먹으러 갔는데, 사람도 별로 없는 식당에서 나이프와 포크들이 서로 부딪치는 소리가 너무 크게 들려왔어요. 그곳에서 마치 칼부림이라도 하는 듯 점점 커지는 소리를 듣는 건 언니와 나 둘뿐이었어요. 그 모든 소리들이 자신의 귀에만 들려오는 게 아니라는 사실을 안 다음부터 비쩍 마른 언니의 얼굴엔 조금씩 살이 붙어 갔어요.

우리는 같은 증후군을 앓으며 결코 고독하지 않다는 생각에 이르게 되었답니다. 절대 고독하지 않은 상황에서 고독하다 느끼는 감정은 어쩌면 고독의 기억이 되살아나기 때문인지 몰라요. 매년 그때만 되면 난산을 했던 분만의 고통이 몸속에 되살아나는 여자들의 몸의 기억처럼요. 봄날이 되면 쓸데없이 고독을 느끼는 나는 문득 젊은 날의 고독의 기억이 스며드는 탓이라고 자신을 토닥거렸어요. 당신이 곁에서 본 전쟁터의 기억은 또 어찌하고요. 2차대전 때 유대인 강제노동수용소에서 보낸 사람들의 기억, 정신대에 끌려가 성노예의 삶을 살았던 불운한 여인들의 기억, 이런 상처들을 평생 동안 되살리며 살아온 삶은 얼마나 고통스러울까요? 지금 현재의 여건들이 아무리 행복하다 해도 '환상통'을 느낄 거예요.

하지만 "지금 누워있는 나의 침대조차 아름답다고 말하고 싶다"라고 말한, 110세에 세상을 떠난 홀로코스트 마지막 생존자 중 한 분은 "삶은 배울 것, 즐길 것이 가득한 선물"이라는 말을 남겼답니다.

며칠 전엔 텔레비전에서, 결혼한 지 일주일 만에 한국 전쟁이 일어나 의용군으로 끌려간 남편이 세상을 떠난 줄만 알고 평생을 유복자였던 아들 하나 기르며 살아온 할머니의 삶을 다룬 다큐멘터리를 보았습니다. 세월이 흘러 남편이 납북되어 북한에 살고 있다는 걸 알게 된 할머니와 남편과 아들의 이산가족 상봉은 너무 담담해서 오히려 더 슬펐어요. 북한에서 결혼해 자식을 넷이나 두었다며 사진을 보여주는 할아버지의 마음은 홀로 아들 하나 키우며 살아온 할머니의 적적한 생애를 깊이 생각해볼 겨를이 있었을까요? 인생은 물처럼 흘러가고 타인을 배려하기엔 자신의 삶이 다들 너무 벅찬가 봅니다. 모든 지난한 세월이 얼굴에 훈장으로 각인된 할머니의 담담한 표정은 그 자체가 보살이었어요. '보살'이라는 말을, '사리'라는 단어를 당신이 아실는지요. 사리는 큰 스님에게서만 나오는 것은 아닐 거라는 생각이 들었답니다.

오늘은 어느 노교수의 《백세일기》란 책을 읽으며 이런 구절에 마음이 뭉클해졌어요. "여자친구가 있었으면 하는 마음을 지닌 채 십 년이 흘렀다. 이젠 너무 늦었다."

사랑하고 싶은 마음은 몸이 늙어가는 것과는 무관하게, 이 생명 다할 때까지 남아있을 생명의 연료겠죠. 스마트폰을 새로 바꾸며 문득 영화 〈그녀(her)〉 속의, 인공지능 애인과 사랑에 빠진 남자 주인공이 떠오릅니다. 남의 편지를 대신 써주는 일을 하는 대필 작가인 주인공은 정작 아내와 별거 중이며, 그 누구와도 마음을 터놓고 이야기할 상대가 없는 무척 외로운 사람이죠. 그런 그가 자신의 말에 귀 기울여주고 이해해주는 인공지능 여자친구로 인해 행복을 느끼고, 사랑에 빠져가는 과정을 그린 결코 웃을 수 없었던 슬픈 영화랍니다. 스마트폰을 새로 살 때마다 쓰던 핸드폰을 초기화해서 남을 주거나 핸드폰 가게에 반납하거나 하는 약간의 쓸쓸한 기분이 영화 속 주인공의 기분과 조금쯤 비슷할까요? 애지중지하던 낡은 핸드폰 속의 내용이 새 핸드폰 속으로 옮겨지면서 낡은 것이 초기화되는 과정을 지켜보며, 이별에 대한 슬픔도 같이 연습하는 기분이 듭니다. 인공지능 목소리와 사랑에 빠진 남자가, 기계가 업그레이드되면서 정든 인공지능이 초기화되어 사라져가는 목소리에 실연의 아픔을 느끼는 장면이 잊히지 않아요. 눈만 뜨면 가장 먼저 찾는 스마트폰의 존재야말로 지금 이 시대를 사는 우리들의 가장 가까운 친구이자 연인이겠죠. 당신과 나도 가상의 공간 '바그다드 카페'에서 이 편지를 주고받고 있으니까요.

오늘은 104세의 호주 생태학자가 안락사를 허락하는 스위스로 떠나 생을 마감했다는 뉴스를 보았답니다. 그가 남긴 유언은 장례식을 치르지 말 것, 누구도 자신의 죽음을 애도하지 말 것, 시신은 해부용으로 쓸 것 등등이었어요. 이런 말들을 들을 때마다 인류의 자손인게 자랑스러워져요. 닮고 싶은 사람이 있다는 건 살아야 할 이유이기도 하니까요. 큰 병을 앓고 있었던 것도 아닌데, 90세가 넘으면서부터는 사는 즐거움을 느낄 수 없었다는 그의 말은 의미심장하게 들려요. 살아있다는 걸 느끼게 해줄 그 어떤 것의 결핍, 그게 사랑이거나 애착이거나 연인이거나 뭐 그런 이름들은 아니었을까요? 그는 베토벤의 9번 교향곡 '합창'을 마지막으로 들으며 세상을 떠났답니다. 그럼에도 자신이 보람을 느끼는 일에 온 생을 보내다가 좋아하는 음악을 들으며 자신의 죽음을 선택할 수 있다는 건 참 부러운 일이겠지요.

친구, 여자친구, 남자 사람 친구, 애인, 연인, 인공지능 여자친구 등등 사랑하는 사람에 관한 단어가 많기도 하지만, 남자와 여자가 이렇게 불화하기 시작한 건 지금이 첫 시대라는 생각이 들기도 합니다. 앞으로의 세상은 인공지능과 연애하거나 동성끼리의 사랑이 대세인 세상이 오진 않을까요? 어느 날 갑자기 내 곁을 떠나 동성의 연인에게 가버린 전남편도 이해가 가는 순간입니다.

약한 자여. 너의 이름은 여자라고 누가 말했을까요? 강한 자여 그대의 이름은 어머니라는 말도 터무니없이 무겁게 들리네요. 우리가 백 살이 되어도 갖고 싶은 게 남아있을까요? 그때가 되면 백 세에도 이성 친구를 사귀는 게 흔한 일일지도 몰라요.

백 살에도 당신의 편지를 받는다면 행복할 거예요. 만일 우리가 그때까지도 이렇게 마음의 편지를 주고받을 수 있다면.

_ 아름다운 나의 친구여. 오래 살아계셔요.

#24

아름다운 나의 친구여

삶이 아름답다는 생각이 들 때는 당신의 편지를 읽을 때입니다. 당신이 어두운 이야기를 할 때도 나는 가끔 웃음이 납니다. 나는 그게 마술이라 생각합니다. 이 어둔 세상을 그렇게 밝은 세상으로 바꿔주는 마티스의 그림이 마술이듯이. 당신이 한동안 마술을 배웠다는 이야기가 떠오르면서, 영화 〈바그다드 카페〉에서 뚱뚱한 여주인공이 사막에 사는 지루한 사람들을 위해 마술 쇼를 하는 모습도 겹쳐 떠오릅니다. 자신만의 마법을 지닌 사람들은 속임수가 필요 없다는 누군가의 말도, 예술은 사기라는 말도, 어쩌면 같은 말일지도 모르지요. 세상의 어둠을 환하게 칠하는 당신의 그림이 눈 안에 햇살처럼 퍼져 들어오네요. 매 순간 피 흘리는 사람들을 대하며 살아가는 것도 익숙해져, 환한 햇빛 아래 서면 오히려 현기증이 날 때가 있어요.

당신이 보내준 그림 이미지들이 너무 환해서, 모두를 환하게 비추는 공평한 세상의 햇살이 너무 밝아서 문득 어지럼을 타는 자신을 느낍니다. 박쥐가 물을 먹는 방법을 아세요? 해가 지기 시작하고 어둠이 내리면 박쥐들은 동굴에서 나와 강을 향해 곤두박질치지요. 그렇게 물속에 곤두박질치면서 물을 흡수하는 겁니다. 황혼은 동굴 밖 세계와 동굴 안 세계를 연결하는 신비로운 시간의 고리랍니다. 생명을 건 박쥐의 갈증 뒤에는 악어들의 긴 기다림이 존재하죠. 강물 안에는 악어들이 박쥐를 포식하려고 입을 벌리고 기다리고들 있는데, 해가 질 무렵이면 박쥐들은 위험을 무릅쓰고 오늘도 강물 속으로 곤두박질칩니다.

우리가 살아가는 일상도 이와 다르지 않을 테지요. 그 위험을 매 순간 느끼면서 산다면 어떻게 삶을 영위해 나갈 수가 있겠어요? 그 반대로 고마움도 사랑도 다 느끼지 못하며 살아가지요. 물을 먹는다는 당연한 일상도 따지고 보면 쉬운 일이 아니랍니다. 마실 만한 깨끗한 물이 부족해서 죽어가는 아프리카 사람들을 보세요. 사람들은 자신에게 있는 건 다 선반 위에 올려두고 없는 것에만 골몰하지요. 하지만 아무것도 없다 보면 있는 것이 신기해지기도 한답니다. 이곳에서의 생활이 척박하다고 마음속으로 늘 투덜대면서, 난 아무도 살지 않는 낯선 우주의 우주선 안에 혼자 있는 걸 상상하곤 합니다. 자기 자신의 내면을 오래도록 들여다보는 일도 여행이지요. 내가 모르던 낯선 자신과 만나는 일은 전쟁터 안에 있을 때 더 확연히 느껴집니다.

모든 전쟁의 목적은 그저 살아남는 거라고 누군가 말한 기억이 나네요. 눈앞에 폭탄이 터지는 전쟁터가 아니라도 피 흘리는 사람들이 수없이 실려 들어오는 이곳에서의 삶은 매일이 전쟁터입니다. 이런 삶도 이제는 익숙해져 내일의 위험을 생각하지 않는 편리한 습관이 생기지요. 오직 현재에 머무르는 법을 배우게 된다 할까요?

이곳에서 열리는 작은 음악회에 앉아 슈베르트를 듣는 순간, 고향서나 먹을 수 있는 맛있는 음식을 먹는 순간, 이렇게 당신에게 편지를 쓰는 순간, 이 한없이 평화로운 순간들에 머무르는 법을 나는 이곳에 와서야 제대로 배웠답니다. 원할 때면 언제든지 기쁨과 행복의 느낌을 가질 수 있다는 동양의 수행자들이 닮고 싶어지네요.

미국에 불교를 정착시킨 이들 중의 상당수가 60년대 히피들이었다는 걸 아세요? 히피들이 마약을 복용하며 즐긴 환각 상태를 불교에서의 열반과 동일시하는 어처구니없는 착각의 시대, 하긴 극과 극은 멀리서 보면 비슷해 보이니까요. 최첨단 문화 현상으로서의 히피 중에는 심지어 '깨달음 알약(enlightenment pill)'을 만들겠다는 이들도 있었답니다. 진짜 깨달음 알약을 만들 수 있다면 세상에 전쟁과 폭력과 복수를 일삼는 모든 영혼들에게 한 알씩 나눠주고 싶네요.

불교에서의 평상심이란 기독교에서의 가난한 마음과 다르지 않을 거라 생각합니다. 물론 이슬람에도 이런 감정 상태의 이름이 있을 거예요. 자신과 가장 친한 친구가 되는 법을 배우지 못하면 아무리 천국에서라 해도 행복하지 않을 테지요. 매 순간 눈사람처럼, 다 쓴 비누처럼 녹아내리는 우리들 삶의 순간들을 떠올리면, 이 사라져가는 시간의 장송곡을 아무렇지도 않게 평상심을 지니고 들을 수 있다는 게 믿어지지 않습니다.

"여행을 떠날 각오가 되어있는 자만이 자신을 묶고 있는 속박에서 벗어나리라." 오래전에 읽은 헤르만 헤세의 《유리알 유희》 중의 한 구절이죠.

하루가 다 지나가 버린 황혼 무렵, 오늘도 나는 벽에 걸린 당신의 그림과 마주하며 지구에서 머물 수 있는 또 하루가 사라지는 풍경을 무심히 감상합니다. 그리고는 박쥐들의 갈증을 느끼기 시작하죠. 병원이라는 동굴 속을 빠져나와 세상의 바다를 향해 곤두박질치고 싶은 시간입니다. 하지만 아무리 둘러보아도 바다는 보이지 않고 내 안의 뻥 뚫린 동굴이 들어오라고 손짓하는 저녁 무렵, 당신과 마주 앉아 와인 한잔하고 싶네요. 생각보다 이곳의 와인은 무척 질이 좋답니다. 무게감 있는 붉은 와인 한 모금이 목으로 넘어가는 느낌은 나를 살아있게 합니다.

와인을 좋아하면서도 내가 술을 자제하는 까닭은 하루 종일 술을 마시던 아버지의 기억 때문입니다. 아버지의 술버릇은 가끔 우는 것이었는데, 그 모습을 볼 때마다 나는 우울해졌어요. 어릴 적부터의 습관적 우울증이 지금도 가끔 되살아납니다. 이민자였던 우리 아버지는 술이 그를 먹는지 그가 술을 먹는지 모르는 어린 왕자 속의 주정뱅이처럼 늘 술을 마셨습니다. 그래서 오히려 술을 자제하는 능력이 생긴 나는 우울을 그저 껌처럼 씹는 버릇이 생겼죠. 어쩌면 세상의 모든 소음으로 고통을 겪는 당신들 자매가 앓고 있는 병도 복잡한 종류의 우울증의 하나일지 모릅니다. 세상과 불화하는 마음이 소음으로 들리는지도 모릅니다.

문득 전설적인 록그룹 비틀즈의 '존 레넌'이 생각나네요. 평생 동안 그를 괴롭힌 우울증도요.

존 레넌은 어릴 적 선원이던 아버지가 멀리 떠나고 어머니도 곧 떠나버려 이모와 이모부 사이에서 성장했다고 합니다. 어머니와 재회했을 때, 술 취한 경찰차가 들이받아 그 자리에서 즉사한 어머니의 기억은 그의 마음속에 치유할 수 없는 아픔으로 자리 잡습니다. 어머니는 그에게 예술적 열정을 물려주고 음악의 매력을 일깨워준 뮤즈였다고도 하네요. 어쩌면 일곱 살 연상이던 아내 '오노 요코'는 존 레넌의 마음속에 되살아난 뮤즈였을 거라 생각합니다.

그들이 처음 만난 건 1966년, 전위미술가인 그녀의 전시회에서였습니다. 문득 소호의 작은 갤러리에서 당신의 그림을 처음 보았을 때가 생각나네요. 그녀에게 푹 빠진 존 레넌은 68년 오노 요코와 결혼하게 되죠. 비틀즈의 양대 산맥이던 '폴 매카트니'는 존 레넌이 오노 요코와의 사랑에만 몰두하고 비틀즈를 등한시한다고 여겨 그들의 내부 분열은 극에 달해 결국 해체를 맞습니다. 그 시기와 맞물려 그는 요코와 함께 베트남 반전 운동을 시작해 미국 내의 반전 분위기를 북돋는 역할을 하게 됩니다.

이후 솔로로 활동하던 그는 우울증에 빠져 음악 활동을 중단하고 은둔생활로 들어가 5년 동안 주부로 살았습니다. 그러다 80년 10월에 음반을 내고 다시 음악 활동을 시작한 지 두 달 뒤인 12월 8일 월요일, 녹음을 끝내고 아내와 함께 집으로 돌아오던 그는 맨해튼의 자택 다코타 아파트 앞에서 '마크 채프먼'이라는 조현병 환자의 38구경 리볼버 총에 맞아 죽음을 맞습니다. 살인을 저지른 후 범인은 "관심을 끌기 위해 그랬다. 존 레넌의 명성을 조금 훔쳐서 내 것으로 만들고 싶어서 그랬다"라고 진술했답니다.

이 사건으로 그는 30년 넘게 현재까지 교도소에 갇혀 있다고 하네요.

존은 죽기 전에 마치 자신의 삶을 예언하듯 마지막 노래를 만들었습니다.

"자신을 너무 힘들게 하지 마라. 스스로에게 휴식을 주어라. 인생은 달리기가 아니다. 경주는 끝났고, 너는 그 경주에서 승리했다." 참 맞는 말이죠. 누구나 죽을 때가 되어서야 깨닫게 되는 삶의 진실이라고나 할까요? 긴 머리의 존 레넌과 오노 요코가 서로를 껴안고 찍은 그 유명한 누드 사진을 기억하나요? 그 우울한 사랑의 분위기는 이 세상 어디에서도 본 적 없는 독특한 영혼의 박제 사진입니다.

그가 심리적 상처를 치료하는 방법으로 '프라이멀 스크림(Primal Scream)' 요법이라는 게 있었다 합니다. 억압적 고통을 표면으로 불러내어 원초적 비명을 지르게 함으로써 상처를 치료하는 방법이라는데, 실제로 그는 이 치료를 오래도록 받고 자신과의 내적 화해에 이르렀다고 합니다. 그래서 하는 이야기인데 언니와 함께 아무도 없는 곳으로 가서 소리를 질러보는 겁니다. 자신의 소리가 가장 시끄러운 소음으로 들릴 때까지 소리를 질러보는 거예요. 하긴 자신과의 내적 화해의 결과는 당신에게는 그림으로, 존 레넌에게는 노래를 만드는 일로 나타났을 겁니다.

존 레넌이 그렇게 갑자기 세상을 떠나기 전 마지막 노래들 중의 하나가 어머니, 〈Mother〉라는 노래입니다. 평생의 우울을 관통하며 그가 만든 노랫말들은 언제나 우리의 영혼을 울리죠. "나는 마법을 믿지 않는다. 나는 엘비스를 믿지 않는다. 나는 비틀즈도 믿지 않는다.

꿈은 끝났다. 나는 바다코끼리였다. 하지만 지금 나는 그저 나 자신 '존'이다."

하지만 자신의 노래 안에 마법을 불어넣어 사람들을 매료시킨 존 레넌은 자신이 속임수 없는 진짜 마술사였다는 걸 누구보다도 제일 잘 알고 있었을 거라 생각합니다. 그 누가 우울하지 않은 영혼이 있을까? 우리는 우울로 인해 고통받고 되살아나며 전진하기도 하죠.

만일 우리가 죽지 않도록 설계된 생명체라면 그래도 여전히 우울할까요? 어쩌면 인생의 유한함으로 야기되는 우울증보다 더 큰 영혼의 불치병을 앓을지도 모를 일입니다. 매일 단 하루만 더, 하루살이의 열정과 성실을 다해. 그저 오늘 하루만 잘 살자고 생각합니다.

언젠가 꼭 남기고 싶은 말 한마디가 있다면, 나는 이런 말이라고 생각합니다.

"좀 늦었지만, 나는 꿈을 이루었다." 당신도 그렇겠지요. 이 세상 그 누군들 이런 말을 남기고 싶지 않을까요? 여기서 나는 나를 포함한 나 이상이며, 나라는 시간과 공간의 생명 프로젝트며, 나는 그 프로젝트의 일환일 뿐이라고.

그리고 내게 묻습니다. 너의 꿈은 뭐냐고? 수술할 때마다 내 손의 마법을 믿으며, 하나라도 더 많은 사람을 살릴 수 있기를 기도합니다. 위험한 수술을 성공적으로 끝내고 환자가 죽지 않을 거라는 확신을 가지고 돌아서는 발걸음, 나의 꿈은 그 발걸음 안에 있습니다.

방으로 돌아와 벽에 걸린 당신의 그림을 바라볼 때, 전쟁이 언제 있었느냐는 듯 긴 평화를 느끼기도 합니다.

어쩌면 모든 사람의 단 하나뿐인 삶은 지금 이 순간 살아있다는 감각만 간직한다면, 잘 되어도 잘 못 되어도 그 자체로 좋은, 흥해도 망해도 그뿐인, 그 자체로 다 예술작품이며 종교 경전인, 짧지만 동시에 긴 여행일 거라 생각합니다.

생각이 길어졌네요. 내 친구, 오늘도 평안하세요.

#25

카드뮴 옐로 라이트

얼마 남지 않은 북극의 얼음에 달라붙어 고단한 삶을 이어가는 북극곰을 보여주면서, 북극곰 살리는 운동에 돈을 보내라는 광고를 보신 적이 있으시죠? 혹은 멸종 호랑이를 살리는 데 돈을 내라든지요. 불쌍한 난민 소녀를 구하자는 자선단체 광고보다 북극곰과 호랑이를 살리자는 광고가 먼저 눈에 들어오는 사람도 어딘가에 분명히 있을 거예요.

동물뿐 아니라, 지구 온난화가 이런 식으로 계속되면 살던 곳을 버리고 정처 없는 유랑의 길에 오르게 되는 난민 인구가 2050년에는 이십 억에 이르게 된다고 하네요. 내전 때문에 난민이 되는 줄 만 알았는데, 기후변화로 난민이 되는 시대가 오고 있나 봅니다. 난민이라는 단어가 이렇게 가깝게 느껴질 줄은 몰랐네요. 온통 화려한 색깔의 향연이 곳곳에서 벌어지는 라스베이거스에서 한참을 지내다 보니 자신이 관광객이라는 생각이 들면서, 동시에 관광객과 난민은 정반대되는 단어라는 엉뚱한 생각이 들었습니다. 인생을 관광객으로 사는 사람과 난민으로 사는 사람의 운명은 어떻게 다를까?

세상의 모든 것은 뜨거움과 차가움 사이의 수많은 단계의 온도를 지니죠. 마치 흑과 백 사이의 수많은 색깔이 존재하듯이. 흰색만 해도 징크 화이트, 실버 화이트, 티타늄 화이트, 플레이크 화이트, 크리미 화이트 등등. 회색의 종류도 얼마나 다른 많은 이름들이 있는지요. 검은색도 마찬가지죠. 레드 블랙, 마르스 블랙, 아이보리 블랙, 브라운 블랙, 그린 블랙, 카본블랙 등등. 관광객과 난민 사이의 단계도, 우리들 마음의 온도도 그렇겠지요.

오늘 문득 유난히 파란 물감을 풀어헤쳐 놓은 것 같은 짙푸른 하늘을 올려다보니, 살아있다는 건 색깔을 느끼는 것이라는 생각이 들더군요. 빨강, 파랑, 노랑, 연두, 보라, 초록, 흰색과 검은색에 이르기까지 우리는 그 많은 색과 색들에 둘러싸여서도 색의 소음에 괴로워하기는커녕 행복해하죠. 우울한 날일수록 순도가 높은 색깔을 칠해요. 그중에서도 노란색을요. 순도 백 프로의 완벽한 노란색, '카드뮴 옐로 라이트'는 제가 세상에서 가장 사랑하는 색이기도 하죠.

캔버스에 하염없이 노란색을 칠하다 보면 정말 우울한 생각이 사라지곤 했답니다.

살면서 절망적인 느낌에 사로잡힐 땐, 지금 내가 난민선을 탄 난민이라고, 어디에 착륙해야 할지 알 수 없는 국적 없는 비행기의 조종사라고, 그런 상상을 해보기도 해요. 그보다는 모든 게 다 낫죠. 세상의 모든 소리가 다 들려와서 불행한 우리 자매는 당신의 말대로 소리 지르는 연습을 했어요. 존 레넌이 받았다는 소리를 토해냄으로써 자신 안의 우울과 슬픔을 치료하는 프라이멀 스크림 요법, 그보다 싱어송 요법이 훨씬 좋더군요. 많은 한국 사람들이 노래방에 가서 노래를 불러, 왜 다들 가수처럼 노래를 잘하는지 이제야 알게 되었어요. 친구가 보내준 약식 노래방 기기를 들고 우리는 아무도 없는 사방이 툭 터진 풍경 속으로 나가 실컷 노래를 불렀답니다. 아무 노래나 실컷 부르고 나면 속이 시원해져서, 무방비 상태의 귀에 폭격 소리처럼 들려오는 세상의 모든 소리들을 다 용서할 수도 있을 것 같았어요.

어쩌면 노래를 부르는 일의 시작은 소리를 지르는 게 아니었을까요? 산다는 건 소리를 지르는 것이다. 산다는 건 노래를 부르는 것이다. 그 노래를 부르는 일이 직업으로 인정받게 된 건 언제부터였을까? 흙바닥에 낙서를 하다가, 동굴 벽에 낙서를 하다가, 바위에 낙서를 하다가 드디어 그림을 그리는 일이 직업이 된 건 또 언제부터였을까? 작자 미상으로 남은 모든 예술작품을 사랑해요. 그에 비해 오늘의 예술은 극단적으로 이기적인 것 같아요. 앞서가는 예술일수록 마치 마스터베이션을 하듯 이 세상에 하나밖에 없는 자신만의 상처를 드러

내 보이죠.

어쩌면 남의 상처에 동참하는 그림과 음악은 20세기 초로 끝난 것은 아닌지. 모든 클래식 음악회에서 아직도 가장 많이 연주되는 음악은 바흐, 모차르트, 멘델스존, 베토벤, 쇼팽, 슈만 슈베르트, 라흐마니노프, 차이콥스키, 말러 등등 열 손가락 안쪽이죠. 미술도 마찬가지여요.

레오나르도 다빈치처럼 모든 사람이 다 이해하는 예술로부터 이제 아무도 이해할 수 없는 예술로, 되돌아갈 수 없는 너무 먼 길을 지나쳐온 인류는 새로움의 이름으로 앞으로 더 무엇을 할 수 있을까요?

화가라는 직업이 더 이상 필요할는지요. 이제껏 인류의 흔적으로 남은 예술품만도 너무 많은 건 아닐지. 취미로 예술을 하는 사람들도 자신의 이름을 걸고 전람회를 열고 책을 발간하고 음악회를 열기도 하죠. 작자 미상의 걸작들을 볼 때마다 미안해지는 건 저뿐일까요?

예술에 대한 상행위는 인류가 존재하는 한 계속되겠지만, 여전히 베토벤과 쇼팽과 모차르트와 피카소와 마티스가 대중으로부터 사랑받는 마지막 예술가의 이름들이 아닐까 합니다.

이 폭염의 한낮에 당신을 향해 보내는 나의 편지는 만날 수 없어서 더 편안하고 거리가 멀어서 더 기다려지는, 작자 미상의 안부입니다. 그곳에서는 또 자살 폭탄 테러로 카불국제공항 출입 게이트에서 폭발물이 터져 14명 사망, 60명 부상이라고 뉴스에 나왔더군요. 아프가니스탄에서 올해 상반기 자살폭탄 테러로 숨진 민간인 사망자 수는 1,692명으로 집계된다는 소식도 실려 있었어요. 당신이 있는 곳과 가까운 장소에서 걸핏하면 일어나는 폭탄 테러는 제 꿈속에서도 수없이 일어나 늘 무사한 당신을 확인하곤 한답니다. 아무 일도 없을 거라는 거 알아요. 현실이 아닌 먼 곳에 있는 친구란 현실의 고통을 같이 느낄 수는 없을지 모르지만, 오히려 더 위로가 되는 존재인지도 모릅니다.

"이곳에 없는 그대가 그곳에서 나를 생각한다." 그런 기분은 뭔가 든든한 비현실의 힘이죠. 오늘은 생텍쥐페리가 1944년 비행을 나가 다시 돌아오지 않은 날이랍니다. 청소년기를 관통하며 생텍쥐페리의 영향을 받지 않은 영혼이 있을까? 의사가 되지 않았다면 화가가 되었을 거라고, 화가가 되지 않았다면 비행사가 되었을 거라고, 아니 그 순서는 거꾸로라도 상관없다고, 상상 속의 당신, 생텍쥐페리가 속삭이네요. "오늘 당신의 비행은 순탄했나요?" 문득 수술하는 일이나 비행을 하는 일이 같은 지점에서 만나게 되는 걸 상상합니다.

서울은 백십 년 만의 폭염이라네요. 세상에 태어나 데일 듯 뜨거운 나라들을 많이 가보지 않았다면 상상도 할 수 없을 낯선 온도입니다. 사람의 체온이 다 다르듯이. 폭염의 온도가 지역마다 다를 것이어서, 그곳의 온도를 상상하기는 어렵군요. 북극의 기온이 섭씨 30도를 넘었다 하네요. 당신이 계신 그곳은 여름에는 몹시 덥고 겨울에는 추운 곳이라는데, 언젠가 그곳에 가볼 수 있을까 생각합니다. 사람이 날씨에 적응하는 일도 쉽지는 않네요.

날씨 좋은 곳에서 사는 사람들과 폭염과 혹한에 적응되어 사는 사람들 사이에는 어떤 성격적 변화가 자리 잡을까요? 요즘 한국의 제주도에도 난민들이 몰려들고 있답니다. 겨울이 따뜻한 제주도가 난민들의 정착지가 되리라고는 생각도 못 해본 일이죠. 그 가엾은 사람들을 향해 난민 반대 운동을 벌이는 야박한 사람들이 사실은 우리를 대신해 위악을 대리해주는 사람들인지도 모른다는, 이기적인 생각이 스치고 가네요.

오래전 독일의 공항에서 느꼈던 외국인을 향한 차가운 시선이 기억납니다. 그 삭막한 표정들에 싸한 한기를 느꼈던 기억도 생생하네요. 난민이 되어보는 상상 속에 자주 빠져봅니다. 그보다 우울한 일은 없을 것 같습니다. 당신은 언제 미국으로 돌아가나요? 돌아갈 곳이 있는 사람은 행복합니다.

어쩌면 공상과학 영화처럼 지구라는 고향에 살고 있는 우리가 다른 별을 향해 난민이 되어 떠나야 한다면, 우리는 어디쯤에서 만나 같이 갈 수도 있을 테지요. 우리가 작은 불씨 같은 희망을 품고 도착할

별의 이름은 행복이라거나 즐거움이라거나 약속이라거나 완성이라거나 사랑 같은, 세상의 모든 제목 중의 하나로 붙입시다. 그곳에서 난민인 우리를 받아준다면, 한 십 년 머물러도 좋으련만…. 이 폭염의 더위에 든 엉뚱한 생각입니다.

나의 친구여, 이 삶이 어디에서 내려야 할지 모를 난민들을 가득 태운 배라 할지라도 노를 저어 가보자구요. 오늘도 누군가는 세상을 떠나고 누군가는 아이를 낳고 누군가는 결혼을 하고 누군가는 실의에 빠져 강물에 투신하지만, 그 모든 세상의 풍경들이 다 지구라는 난파선에 타고 있는 우리들 생존의 풍경이겠지요. 살아남아라. 세상의 모든 소음이 너의 귀를 침식해 결국 아무 소리도 들리지 않을지라도, 우울에 지지 말라. 살아남아라. 누군가 세상의 스피커에 그런 소리들을 흘려보내는 것도 같습니다.

라스베이거스에서 돌아온 이후 제 귀에 더 이상 세상의 모든 소음은 들려오지 않습니다. 라스베이거스에 두고 온 언니는 여전히 소음과 싸우는 중이랍니다. 노래를 부르면서요.

뜨거운 폭염의 밤에 〈바그다드 카페〉의 주제가 〈Calling You〉를 듣습니다.

#26

더 높이 날아도 돼

오래도록 당신에게서 소식이 없어 궁금합니다. 잠 안 오는 밤에 '모든 마음은 마음이 아니다. 그래서 마음이라 한다'라는 불교 경전의 구절을 곱씹다가 읽다가 덮어둔 보르헤스의 '나는 모든 사람이 될 것이다, 고로 나는 죽을 것이다'라는 구절을 생각합니다. 그리고 오늘 문득 뉴스에서 본 퓨마를 생각합니다. 동물원의 열린 문으로 탈출을 시도한 퓨마가 네 시간 반 동안의 대탈주 끝에 사살되었다는 내용이었어요. 마취 총을 맞고도 죽지 않은 퓨마는 커다란 종이 상자 안에 숨어있었다는데, 퓨마를 발견한 사람들이 위협을 느껴 결국 사살했다 하네요.

서울의 동물원에서 태어나 두 마리 새끼를 낳은, 텔레비전에 비친 잘생긴 암컷 퓨마는 대전의 동물원으로 옮겨온 지 오 년이 되었다 해요. 네 시간 동안의 사투는 자신이 태어난 서울의 동물원으로, 아니 자신도 모르게 먼 고향 원시의 숲으로 가보고 싶었던 건 아닐까? 아니 그저 길을 잃은 건지도. 가슴이 먹먹해져 옵니다. 뉴스를 보니 동물원이라는 잔인한 인류의 상징이 더 이상 유효한가에 대해 사람들은 반론을 제기하고 있었어요. 국제 멸종위기종인 퓨마의 죽음을 애도하며, 언젠가 기르던 개 한 마리가 떠오릅니다. 기르는 일이 힘들게 되어 훈련소에 장기 투숙시켜 온 애견을 오랜만에 찾아가 짧은 상봉을 한 지 이틀 만에 사망한, 사랑하던 개의 기억이 겹쳐집니다. 산다는 건 이렇게 먹먹함의 연속입니다.

사살된 퓨마는 교육용 박제로 만든다고 하네요. 동물에게나 사람에게나 인간은 늘 잔인합니다. 엉뚱하게도 얼마 전 텔레비전 다큐멘터리에서 본, 2차대전 당시 유태인들에게 생체실험을 했던 의사들이 떠오릅니다. 자신은 가능한 한 실험대상 환자에게 고통을 주지 않고 가장 피해가 덜 가는 실험을 했다는 한 의사의 고백이 인상적이었어요. 명령을 따를 수밖에 없었다지만, 그렇게라도 실험대상자들의 고통을 덜어주는 방법이라는 건 어떤 것이었을까요? 문득 며칠 전 시위를 하다가 이스라엘군에 사살당한 팔레스타인 십 대 소년의 얼굴이 사살당한 퓨마의 얼굴에 겹쳐집니다.

동물원에 사는 동물들의 탈출 이야기는 늘 우리를 슬프게 합니다. 동물이나 사람이나 뭐가 다를까요? 며칠 전엔 텔레비전에서 필리핀의 '이와힉 교도소' 안의 풍경을 보았습니다. 죄수들이 가족과 함께 살기도 하는, 병원도 학교도 노점상도 있는 거대한 개방형 교도소인 그곳은 요즘 관광코스로도 유명하다고 합니다. 혼인빙자간음으로 27년

째 복역 중인 사람, 애인의 아버지로부터 성폭행범으로 고소되어 이십 년 넘게 살고 있는 사람, 소년으로 들어와 청년이 된 사람, 청년으로 들어와 노년이 된 사람들로, 그곳은 마치 인간 동물원을 상상하게 했어요. 젊어서 들어와 늙어서 죽은 누군가의 묘비명에는 이렇게 씌어있었어요. "망 알멜도는 악하지 않고 착한 사람이었다." 그곳에서 몇십 년씩 갇혀 사는 사람들과 동물원의 동물들과 무엇이 다를까요? 새가 되고 싶은 죄수들은 바깥세상 사람들보다 훨씬 착하게 살고 있었어요.

오늘은 길을 건너다가 신호등을 유심히 바라보았습니다. 신호등의 파란불 다섯 개가 다 켜져 있었어요. 그 불이 깜박이다가 서서히 하나씩 꺼져갔어요. 하나둘셋 차례로 꺼지는 파란 불을 바라보며 길을 건넜어요. 삶도 신호등 같아서 깜빡깜빡하다가 파란 불이 다 꺼지고 빨간 불이 들어오면 끝인 거죠. 불이 다 꺼지기 전에 사뿐히 길을 건너며, 휴 하고 안도의 한숨을 내쉬어요. 오늘따라 지금 여기 살아있다는 실감이 났답니다. 신호등은 내게 늘 삶을, 죽음을 떠올리게 합니다. 깜빡이는 찰나의 생을 위해 건배하고 싶네요. 때로 나는 세상의 모든 전쟁이 스포츠경기로 대체되는 세상을 꿈꿉니다. 디지털 전쟁은 디지털 게임으로 대체되고, 아날로그 전쟁은 스포츠경기로 대체되는 전쟁 없는 미래를 상상합니다.

문득 중력의 법칙을 거스른 채 인물들이 둥둥 떠다니는 샤갈의 환상적인 그림이 떠오릅니다. 어릴 적 화집에서 처음 본 샤갈의 그림은 내 영혼에 깊은 인상을 남겼답니다. 짙푸른 색깔을 배경으로 하늘을 날아다니는 연인의 이미지는 오래도록 잊히지 않았어요. 이 고달픈 세상을 꿈꾸듯 왜곡시킨 샤갈의 그림은 내 사춘기 시절의 감금된 수업시간을 자유로운 하늘로 만들어버린 마법의 그림이었죠. 샤갈의 그림을 흉내 내던 중 · 고등학교 시절 미술 시간은 드물게 행복한 시간으로 이어졌답니다. 염소도, 서커스 하는 남자도, 새보다 높게 나는 사람들도, 그래서 새가 되어버린 사람들도 따라 그릴수록 샤갈의 그림은 "더 높이 날아도 돼" 하는 것만 같았어요.

어른이 되어 프랑스 니스의 샤갈미술관을 찾았던 게 엊그제 같습니다. 온 눈에 햇살이 스며들 듯 환하던 스테인드글라스 그림들을 본 기억이 아련합니다. 핍박받고 떠도는 유대인으로 1,2차 세계대전을 살아낸 샤갈은 비극의 시대를 깊고 눈부신 색채와 슬픔과 기쁨과 사랑과 향수를 담은 독창적인 휴머니즘으로 승화시켰죠. 하긴 비극의 시대가 아닌 적이 있었을까요? 지금 우리가 살고 있는 이 세상도 여전히 아물지 않은 상처의 시대인걸요.

샤갈의 그림 속 인물들이 땅에 발을 붙이지 못하고 둥둥 떠다니는 이유를 나는 어른이 되어서야 알았습니다. 발을 땅에 붙이지 못하고 공중에서 떠도는 사람들, 조국을 잃고 방랑하는 디아스포라 유대인의 이미지에 요즘의 범지구적인 코드인 난민의 이미지가 겹쳐옵니다. 샤갈은 예술과 삶에 진정한 의미를 부여하는 색은 오직 하나, 그것은 사랑의 색이라고 말했어요. 그 부유하는 삶에 안정과 평화를 선물했던 일찍 세상을 떠난 아내 벨라, 그녀가 떠난 시간들은 슬픔과 절망을 극복한 사랑의 연금술로 영원히 남았죠.

백 년을 살다간 샤갈의 삶과 사랑에 끝없는 존경을 보내며, 나는 엉뚱하게도 디아스포라 팔레스타인인들의 방랑을 생각합니다. 이천 년의 터전을 되찾은 유태인들과 다시 이천 년의 터전을 빼앗기고 방황하는 팔레스타인인들의 슬픔을 그림으로 그려봅니다. 알라를 위해 이 한 몸 바치는 걸 영광스러운 삶과 죽음으로 생각하는 팔레스타인 소년들의 얼굴을 떠올립니다. 문득 제가 살던 동네 뉴욕의 월드트레이드센터를 무너뜨린 테러조직 알카에다의 수장이던 오사마 빈 라덴의 얼굴도 떠오르네요.

1957년 사우디아라비아 남서부의 명문가의 아들로 태어나 급진 이슬람주의자가 되어 국제테러조직인 알카에다의 우두머리가 된 그는, 그의 어머니 말에 의하면 어린 시절 수줍음을 많이 탔지만, 학문에 열정적인 아이였다고 해요. 20대 초반 대학에 들어가면서 이슬람 성전주의자로 변했다고도 했어요. 어머니는 여전히 빈 라덴이 나쁜 사람이 아니라고 생각한답니다. 하긴 팔레스타인인의 눈으로 볼 때 오랜 은둔생활 중 쥐도 새도 모르게 미군 특수부대의 공격을 받고 사망한 오사마 빈 라덴은 테러리스트가 아니라 위대한 성전의 영웅이겠지요. 예술과 테러는 어쩌면 동전의 양면일 거라는 생각이 듭니다. 방 한가운데의 공중에서 연인이 둥둥 떠오른 현실 초월적인 샤갈의 그림이 다시 떠오릅니다. 마법의 양탄자를 타고 세상 어디로 날아갈 것만 같은 달콤한 사랑의 도피, 그 안에 깃든 언젠가는 끝나리라는 슬픔과 먹먹함도 함께 떠오릅니다.

꽃다발이야말로 사랑하는 연인에게 줄 수 있는 최고의 선물이라는 샤갈의 말이 갑자기 생각납니다. 그건 꽃이 살아있는 것들의 가장 적절한 상징이기 때문이죠. 산책, 생일, 선물 등의 제목이 붙여진, 도시의 지붕 위로 날아오르는 두 남녀의 이미지는 살아있음에 관한 우수 어린 오마주입니다. “내가 창문을 열면 아내 벨라가 푸른 공기, 사랑, 꽃들을 데리고 들어왔다. 벨라는 오랫동안 캔버스 위를 떠다니며 나의 예술을 인도하는 것 같았다.”

누군가 자신의 길을 인도하는 환상을 지닌 예술가는 행복합니다. 하긴 나 자신도 어느 날 다 그린 그림 앞에서 “이걸 도대체 누가 그렸다는 말인가?” 하는 신기한 생각이 들 때가 있습니다. 그런 생각이 자주 들 땐 참 행복합니다. 〈자화상〉이라는 제목이 붙여진 작은 드로잉 아래쪽 오른편 구석에 샤갈은 연필로 이렇게 적어두었습니다. “나 여기 있어. 네 생각 날 때면 나한테 미안해해”라고. 우리는 나 자신에 관해 생각날 때가 얼마나 될까요? 나한테 미안할 때가 분명 있을 테지요. 당신은 어느 때 자신에게 미안한 생각이 드나요? 나는 그림을 그리지 않을 때, 나에게 미안합니다. 뉴욕에 살던 시절, 일주일 이상 밖에도 나가지 않고 그림을 그리던 시절이 있었습니다. 어쩌면 가장 고독했던 시절인지도 모르겠네요. 이제 그 그리운 시절을 다시 갖고 싶은 열망이 내 마음속에 넘쳐납니다. 그림만 그리면서 사는 단조로운 삶이란 생각보다 행복했습니다.

세상은 그때로부터 너무 많이 바뀌어 이제 인공지능이 그린 초상화가 크리스티 경매에 나온다는 뉴스를 보았습니다. 미술 전공자가 아닌 프랑스 청년 세 명이 개발한 인공지능 프로그램이 그린 이 초상화는 14세기부터 20세기에 그려진 초상화 일만오천 점을 컴퓨터에 입력시켜 방대한 과거 초상화들을 학습해 독창적인 초상화를 스스로 그려낸다고 해요.

이거야말로 제가 늘 꿈꾸는 진정한 의미의 마술이지요. 마치 마술이 속임수가 아니라 그 모든 괘를 다 외워야 하는 엄밀하게 계산된 노력의 소산인 것처럼. 독창적인 그림을 그리는 인공지능을 탄생시킨 대단한 그들은 이것은 19세기 사진이 등장했을 때처럼 새로운 예술 분야가 탄생한 것이라고 말하네요. 기존의 예술가들을 대체하는 것이 아니라 별개의 예술영역이 탄생한 거라고요.

당신은 죽어가는 사람의 목숨을 살리기 위해 초를 다투는 수술을 할 때 가장 행복하겠죠? 이미 인공지능이 많은 일을 담당하고 있는 의술이야말로 사람의 손이 일으켰던 모든 실수들을 입력시켜 완벽한 인공지능의 손으로 이루어지는 세상이 오지는 않을까요? 외과 의사가 필요 없어지는 세상 말이죠. 우리가 살아있는 날까지는 우리의 손이 참으로 스스로를 행복하게 해주었다는 삶에 대한 소감을 말할 수 있었으면 합니다. 사실은 당신이 오래 소식이 없어 불안한 마음에 이렇게 긴 편지가 되었답니다. 며칠 전엔 카불의 스포츠클럽에서 자살폭탄 테러가 일어나 스무 명이 사망하고 칠십 명이 부상당했다는 소식을 들었습니다.

당신이 무사하리라 믿으며, 내일도 무사하게 눈을 뜨는 아침을 기도합니다. 활짝 핀 꽃다발을 보내고 싶은 마음도 함께 전합니다.

_ 당신의 친구

#27

사랑이라는 외계생물

오랜만에 안부 전합니다. 머릿속에 있는 생각들을 끄집어내어 문장으로 만드는 일은 스웨터를 뜨거나 수를 놓는 일 같다는 생각이 듭니다. 수술을 하는 일보다 편지를 쓰는 일이 더 어려운 내가 마치 날아오는 탁구공을 받아치듯 당신의 편지에 답장을 해 온 게 신기하다는 생각도 드네요. 그 튀는 탁구공이 때로는 살아있다는 느낌으로, 한다발 꽃송이처럼 안겨 들어왔던 날들의 기억은 내게 선물이었습니다.

매일이 똑같은 그 날 중 어느 날, IS가 되어 떠난 남자친구를 찾으러 시리아의 전쟁터로 가서 막상 그가 죽었다는 소식을 듣고, 그 친구를 찾는 데 동행해준 미군과 사랑에 빠졌다는 한국인 간호사 아가씨, 당신도 잘 아는 그녀가 내방 문을 두드리더군요. 나는 인공지능이 그린 초상화가 크리스티 경매에 나온다는 당신의 글을 읽은 지 얼마 안 되어, 예상보다 사십 배 높은 가격에 경매에서 낙찰되었다는 뉴스를 보고 있는 중이었어요.

난 그녀가 한동안 소식이 없어 아마 연인과 미국으로 간 모양이라고 생각하고 있었답니다. 그녀는 늘 그렇듯 소년같이 짧은 머리에 장난기 어린 눈빛으로 안녕하시냐고 인사했지만, 어딘가 무거운 슬픔의 긴 그림자를 끌고 방안으로 들어온 듯했어요.

갑자기 아무 일도 아니라는 듯 사랑하는 연인이 죽었다고 하더군요. 전쟁터에서는 흔한 일이니까 그런가 보다 했는데, 죽었다고 생각하던 전 연인이 살아 돌아와 지금의 연인을 총으로 쏴서 한 방에 날려버렸다는군요. 이런 식의 표현이 적합하지 않을지도 모르지만, 그녀는 마치 남의 일처럼 가볍게 말했어요. 전 연인으로부터 도망쳐 한국으로 돌아가기 전에 인사라도 하러 왔다는 그녀의 얼굴엔 슬픈 결의 같은 게 담겨있었어요. 그녀의 사랑의 긴 여정은 어디서 끝이 날지 알 수 없는 아라비안나이트 같았어요.

그리고 당신의 전화번호를 묻더군요. 순간 한 번도 당신에게 전화를 건 적이 없다는 생각이 났어요. 그 흔한 공짜 전화 한 통이면 금세 도착하는 목소리, 나는 꿈속에서도 당신의 목소리를 그리워했어요. 약간은 낮고 맑고 청량한 목소리, 여운이 길게 남는 목소리, 엉뚱하게도 당신의 목소리를 상상하며 나는 엄청난 사연이 담긴 그녀의 말을 듣고 있었어요. 퇴각하는 IS로부터 도망쳐 숨어있다가 그들의 사연을 들은 전 남자친구는 그들이 있는 곳을 찾아내 단방에 연적을 죽이고 쓰러져 뒹굴며 오열했답니다. 왜 여기까지 와서 자길 괴롭히느냐고.

같이 죽자고. 총을 들고 따라오는 그를 피해 얼마나 먼 곳까지 도망을 쳤는지 모른다고 했어요. 그러면서 하는 말이 세상엔 사랑 같은 거 없다 하더군요.

사랑이 귀여운 마술일 때, 사랑은 아름다워요. 며칠 전에 누가 보내준 영상 중에 키가 182cm에 83kg의 남자가 아주 작은 상자 안에 몸을 구부리고 들어가 앉아있는 마술을 보았어요. 집중과 명상에 의한 고난도 마술이라는데 그보다는 극한의 상황을 극복하는 묘기였어요. 그쯤 고난도의 사랑에 이르면, 사랑은 자폭하기 일쑤죠. 사랑은 없다고 말하는 그녀의 말을 들으며, 엉뚱하게도 얼마 전 세상을 떠난 스티븐 호킹의 "신은 없다. 외계생물은 있다"라는 말이 떠올랐어요. 그건 내게 신은 죽었다는 말보다 훨씬 실감 나게 와닿는 말이었어요.

그 말은 마치 내게 "사랑은 외계생물이다. 고로 사랑은 있다." 이렇게 번역되어 들려왔어요.

아무 일도 없었다는 듯 일부러 태연한 표정을 짓는 그녀의 손은 파르르 떨리고 있었어요. 어쩌면 이곳으로 그가 찾아올지도 모른다는 불안감에 떨고 있는 것 같았어요. 나는 하루바삐 한국으로 돌아가라고 말하며 동료 여의사의 집에 며칠 기거하게끔 알선해 주겠다 했죠. 그녀가 돌아간 뒤 나는 한동안 당신이 목소리를 상상했어요. 아무리 상상해도 당신의 목소리는 내 귀의 입구까지 오지 못하고 맴돌다가 조금 전에 들은 그녀의 목소리로 접어들곤 했어요.

"사랑 같은 거 없어요." 하던 그녀의 목소리가 그녀가 제일 좋아하는 노래, 27세 그 좋은 나이에 세상을 떠난 '에이미 와인하우스'의 〈사랑은 지는 게임〉으로 들려왔어요. "사랑은 지는 게임, 오- 우리는 무슨 난장판을 만든 거야? 그리고 이제는 끝이야, 사랑은 지는 게임, 사랑은 잃을 때 내가 감당할 수 있는 것 이상으로 폭발하고 말지. 나는 맹목적으로 싸웠지만 사랑은 체념하는 운명, 승산 없는 배당률에 걸지. 그리고 신들은 웃었어. 그리고 이제는 끝이야. 사랑은 지는 게임." 문득 '에이미 와인하우스'의 목소리와 그녀의 목소리와 당신의 목소리가 하나로 들리면서 사랑은 지는 게임도 아니고 사랑은 두려워서 아예 시작하지 않는 게임이라고, 그렇게 비겁한 목소리가 당신에게 들킬까 봐 아마 한 번도 전화해본 적이 없는 거라고 혼잣말을 했어요. 그러면서 "당신, 당신이 없다면, 난 아무것도, 아무것도 없어요." 하고 노래한, 그토록 아름다운 젊은 날에 세상을 등진 '휘트니 휴스턴'의 목소리도 들려왔어요.

엉뚱하게도 '마릴린 먼로'가 마치 파도에 휩쓸려가는 작은 배의 난간을 붙들 듯 바람에 나부끼는 짧은 치마를 간신히 붙들고 있던 그 유명한 사진도 떠올랐어요. 모든 것을 다 가진 사람들의 치유 불가능한 고독이란 태어나기 이전의 선천성 고독과 후천적인 습관성 고독의 결합이라는 생각이 드네요. 지금 다 갖고 있는데도 여전히 그 오래된 습관성 고독에서 벗어날 수 없는 영혼의 상태, 점점 더 커지는 고독의 무게와 깊이, 난 그렇지 않은 당신이 좋아요.

영화 〈바그다드 카페〉 속의 뚱뚱한 여주인공이 좋아요. 자신의 고독 속으로 깊이 침잠하는 존재가 아니라 당신의 손끝이 세상을 향한 행복의 마술지팡이가 되어줄 수도 있다는 걸 아는 존재, 그렇게 환한 햇살 같은 사람, 그럼에도 그 햇살의 균형을 이루는 그림자도 같이 지닌 사람, 당신을 지금이라도 만나러 가고 싶다고 생각합니다. 인간의 고독이란 얼마나 아름답고 또 무서운 것인가? 삶을 송두리째 불태우다간 사람들의 이름을 불러봅니다.

마이클 잭슨, 프레디 머큐리, 키스 해링, 장미셸 바스키아, 체 게바라, 스티븐 호킹, 그중에서도 예외적 인물 스티븐 호킹을 떠올립니다. 다른 천재들이 타고난 천재성을 짧은 시간 안에 불사르다 홀연히 사라졌다면, 호킹의 경우는 21세에 루게릭병을 진단받고 2년밖에 못 산다는 시한부 인생 선고를 받은 후 병과 투쟁하며 20세기와 21세기를 거쳐 물리학 분야의 아이콘으로 남았습니다. "신은 없다. 외계생물은 있다." 그 말을 곱씹으며 갑자기 다시 한번 외계생물이라는 단어를 사랑이라는 말로 바꿔봅니다. 내 맘대로 생각하기를 서로의 생각을 간섭하지 않으며 자유로운 소통 속에 꿈꾸는 '마음 어루만지기', 그게 사랑이든 우정이든 그런 종류의 감정이 얼마나 소중한가에 대해서도 생각합니다. 때로 사랑이라는 이름으로 행해지는 언어의 폭력, 간섭의 폭력, 너는 왜 나와 다른가에 대한 의식과 무의식의 폭력, 무관심의 폭력 등에 관해 생각합니다. 그러고 보니 사랑의 반대는 증오가 아니라 폭력인 것 같습니다.

21살에 시한부 인생을 선고받은 호킹은 자신의 삶에 대한 신의 폭력에 대해 이렇게 말합니다. "그 당시 내 꿈은 혼란스러울 뿐이었다. 내 상태에 대한 진단이 내려지기까지 나는 삶에 대해 줄곧 지겨워하고 있었다. 해야 할 가치 있는 어떤 것도 없어 보였다. 그러나 내가 병원에서 나오자마자 나는 내가 처형당하는 꿈을 꿨다. 갑자기 나는 내 사형집행이 연기된다면 내가 할 일이 너무 많으리라는 것을 인식하게 되었다. 놀랍게도 과거보다 지금의 삶을 더 즐기게 되었다."

실제로 그의 병은 예상과는 달리 아주 서서히 진행되었죠. 사형집행이 계속 연기된 것이나 마찬가지라 할까요? "신은 존재하지 않는다. 광활한 우주 어딘가에 원시적인 형태의 외계인이 살고 있을 가능성이 충분하며 지적 생명체의 존재 또한 가능하다. 내 생애 최고의 성공은 지금 여기 살아있다는 거다." 그의 말은 우리에게 늘 용기와 울림을 줍니다, 어쩌면 그 자신이 바로 지적인 우주 생물체가 아니었을까 하는 엉뚱한 생각이 떠오릅니다. 문득 당신도 나도 지적인 외계 생물체라서, 이렇게 인간들끼리는 불가능한 우정이든 사랑이든 그런 교신을 계속할 수 있는 건 아닌지 생각도 해봅니다. 그러면서 문득 내가 여기 왜 있을까? 너무 오래 있었던 건 아닐까? 여기가 아닌 다른 곳이라면 어디든 좋다. 그곳이 어떤 외계이든 좋을 것이다. 아니 이곳보다 낯선 외계는 없을 것이다. 그런 생각이 드는 겁니다.

문득 젊은 날 의료봉사를 하러 갔던 먼 나라 몽골을 떠올립니다. 그 넓은 초원에서 가축을 길러 잡아먹는 몽골의 고비 유목민들을 떠올립니다. 그들은 고통스럽지 않게 양의 숨통을 끊는 방법을 아주 오래전부터 알고 있습니다. 마치 우리가 동물 실험을 할 때 배워야만 할 덕목들을 이미 알고 있는 것 같았습니다. "내가 너를 죽이는 게 아니라 네가 나를 살리는 거란다." 그런, 말이 되어 나오지 않는 마음으로부터 보내는 메시지는 의사인 내 마음에 깊은 감동을 주었습니다.

여기 너무 오래 있었다는 생각은 당신의 친구, 이제는 나의 친구이기도 한 한국인 간호사 아가씨의 삶 속에 나도 모르게 발을 들여놓은 것 같은 무거운 감정들 때문은 아닐까? 그런 생각도 해보는 저녁입니다. 당신과 마주 앉아 이런 얘기들을 나누며 질 좋은 아프가니스탄 와인을 마시는 그런 시간을 상상해보는, 세상 어느 곳에나 찾아드는 저녁노을이 마치 지적이고 따뜻한 어느 외계생물이 보내는 사랑의 신호처럼 느껴지는 평화로운 저녁입니다. 이곳은 지금 '노을' 그 외에는 아무것도 없습니다. 당신께 눈물이 날 것 같은 이곳의 노을 한 조각 보냅니다.

4장 사랑과 불안의 책

불안하더라도
불안 속에서 불안하게 살아남기,
불안이라는 향수에 희망이라는
향수를 섞어서
삶이라는 옷깃 여기저기에 뿌리기.

#28

오래 살수록 행복해진다

당신의 편지를 받고 가슴이 먹먹해져서 한참 창밖을 바라보았습니다. 참 좋아했던 은사님이 삶의 마지막 순간을 고통 속에 견디고 계신 병원의 고층 창밖을 내려다봅니다. 신도시 건설을 하느라 타워크레인이 올라갔다 내려갔다 하는 삭막한 풍경이 한눈에 들어옵니다. 한정된 도시의 영토에 신도시를 자꾸 만들어내듯, 내 마음 안의 신도시를 매 순간 끊임없이 만들어내야 한다고, 그게 사는 거라고 자신에게 속삭입니다. 어쩌면 사막을 간척해서 문명의 오아시스를 만든 멋진 사막 도시들이 될지도 모르는 일이지요.

"여기 너무 오래 있었다. 여기가 아니라면 어디라도 좋을 것이다." 하던 당신의 말이 마치 내가 한 말처럼 들려오면서, 우리가 만드는 마음속의 신도시들은 매 순간 넓어져 가서 거기만 다 돌아다니기에도 시간이 모자란다고, 그렇게 반대로 생각해봅니다. 병실에서 언제 숨을 거둘지 모르는 노인의, 사망까지의 고통스런 순간들과 가족들의 희망 없는 기다림을 지켜보다가 문득 이런 생각이 들었습니다. 언제 아기가 나올지 모르는 것처럼 언제 숨을 거둘 건지 아무도 모른다. 그러므로 우리는 그 무엇에 대해서도 아무것도 모른다. 단지 우리가 아는 것, 아니 알아야 하는 것은 언제든 무엇이든 결국은 끝이 난다는 것이고, 지금 이 순간 누군가는 죽고 다른 누군가는 태어나는 삶의 애틋한 순환을 받아들이는 것이다. 그 고독한 시간을 혼자 보내는 사람과 가족과 함께하는 사람의 고통은 어떻게 다를까?

맥박을 나타내는 컴퓨터 화면에서 빠르게 움직이던 그래프가 한 줄로 삐- 하며 정지하면 끝이지요. 그 지루한 단말마의 고통을 조금도 줄여줄 수 없는 게 너무 슬펐습니다. 오늘 밤을 넘기는 일이 마치 가파른 산을 정복하는 일 같았어요. 그것도 죽음이 정상 꼭대기인 희망 없는 등산이라니. 그 많은 생각들 끝에 잠시 병실을 나와 신도시 건설이 한창인 창밖을 내려다보는데, 갑자기 울음소리가 터져 나왔고 노인이 돌아가셨다는 걸 알게 되었어요. 유난히 효심이 지극한 나이 든 남매가 통곡을 시작했고 나도 따라 한없이 울었습니다.

그동안 세상을 떠난 가까운 사람들의 얼굴이 겹쳐지면서, 세상의 모든 슬픔이 한꺼번에 밀려오는 것 같았어요. 하염없이 울다가 문득 98세를 일기로 돌아가신 고인의 죽음 앞에 너무 많이 슬퍼하는 일은 왠지 이기적인 일이 아닐까 하는 엉뚱한 생각이 들었습니다. 세상에는 고아가 된 사람도 어릴 적에 부모가 돌아가신 사람도, 아니 젊은 날에 세상을 떠난 아까운 목숨들이 봄마다 꽃으로 피어나는데, 백 년을 산 고인의 죽음을 도리어 축복해야 하는 건 아닐까 하는 혼자만의 생각을 품고 병원 문을 나왔습니다.

내가 그림과 마술을 가르쳤던 사랑스런 간호사 아가씨의 연인, 아랍계 혼혈의 사내 얼굴이 문득 떠오릅니다. 결코 나쁘지 않았던, 하지만 유난히 말이 없었던 그가 IS가 되어 떠났을 때도 깜짝 놀랐지만, 그런 일을 벌였다니 정말 믿을 수가 없었어요. 하긴 우리 안에도 자신이 모르는 누군가가 숨어있을 테지요.

문득 영화 〈바그다드 카페〉 속의 뚱뚱한 여주인공과 소통이 불가능한 남편이 여행길의 사막에서 자동차가 고장이 났던 장면이 떠오릅니다. 그녀가 남편 곁을 떠나 하염없이 걸어서 사막에 엉뚱하게 놓여있는 바그다드 카페에 들리게 되는 장면 말예요. 그 남편은 내 기억이 옳다면 그냥 영화 속에서 스윽 없어지는 그런 존재이지요. 실제로 죽이지 않아도 내게 폭력을 가하는 사람들이 저절로 없어진다면 얼마나 좋을까요? 마카오의 카지노 딜러를 사랑한 전남편이 그렇게 사라져 나타나지 않는 것처럼. 나의 착한 친구, 그녀의 IS 연인도 그냥 슬며시 지워지는 그림 속의 사람처럼, 세상 밖으로 스윽 사라져버리는 마술을 걸어봅니다.

요즘 이곳은 사람들이 미세먼지 때문에 마스크를 쓰고 거리를 걸어갑니다. 왠지 내 마음이 더 추워집니다. 서유럽인들이 햇빛에 굶주려 해만 나면 벗고 누워 일광욕을 하듯 우리도 곧 맑은 공기에 집착하는 날이 올 것 같습니다. 태양을 바라보고 누워 온몸에 골고루 태양 빛을 받는 것처럼, 마스크를 쓰는 것보다 적극적인 공기채집은 불가능할까? 창문을 여는 일의 고귀함을 느끼며 살아가는 오늘입니다. 맑은 공기든 깨끗한 물이든 전쟁 없는 평화든, 우리는 그게 뭐든 없어봐야만 소중함을 깨닫는 어리석은 종자인가 봅니다.

당신이 있는 그곳은 흙먼지는 날릴지언정 미세먼지는 없겠지요? 이렇게 산들 저렇게 산들 두 번 사는 일은 불가능한데 한 번뿐인 삶을 두 번 사는 것처럼, 선물처럼 그렇게 살 수는 없을까? 그 방법 가운데 하나는 영화를 많이 보는 거라고 생각해요. 영화가 나온 이후 다른 삶을 경험함으로써 인간의 삶은 세 배로 길어졌다는 누군가의 말이 생각납니다.

오늘은 극장에 영화를 보러 갔었어요. 누군가 앵무새 한 마리를 몰래 외투 속에 품고 들어왔더군요. 영화 제목은 〈너의 췌장을 먹고 싶어〉 라는 일본 영화였어요. 영화가 시작된 지 얼마 되지 않아 앵무새가 떠들기 시작했어요. "씨발 졸나 재미없네. 씨발 졸라 재미없네." 사람들은 깔깔대고 웃기 시작했고, 누군가 나가라고 소리를 질렀어요. 그러자 바바리맨처럼 커다란 외투 속에 앵무새를 감춘 남자는 상영관 밖으로 사라졌어요.

대형 쇼핑몰에서 반려견을 데리고 다니는 풍경은 이곳에서는 흔한 풍경이지요. 개를 데리고 극장을 가는 날도 올지 모른다고 생각하면서 앵무새를 데리고 영화를 본들 또 어떻단 말인가, 그런 생각이 들더군요. 시각장애인이 맹인견을 데리고 극장에 가는 날이 올지도 모르지요. 영화는 앵무새의 말처럼 그렇게 재미없지는 않았어요. 대사 중 이런 말이 인상에 남더군요. "아주 나쁘고도 좋은 날이었다. 하지만 충분히 행복하다."

고대인들은 어디가 아플 때, 동물의 같은 부위를 먹으면 나을 거라고 생각했대요. 이를테면 췌장에 문제가 있을 때 동물의 췌장을 먹으면 낫는다는 식이죠. 이런 대사도 인상적이었어요. "나는 역시 너의 췌장을 먹고 싶어. 네 안에서 영원히 살게. 누군가 나를 먹으면 내 영혼이 그 안에서 영원히 살게 된데."

영화를 보고 나오면서 언젠가 이 영화를 한 번 더 봐야겠다고 생각했어요. 요즘은 오래전에 본 영화를 다시 보는 습관이 생겼답니다. 같은 영화를 두 번 볼 때 놀라는 것은 거의 기억이 나지 않는 영화 장면들의 신선함 때문이에요. 도대체 이걸 보았다고 할 수 있는 걸까? 어쩌면 같은 삶을 두 번 산다 해도 이런 기분은 아닐까? 거의 기억이 나지 않아 처음 보는 것과 다를 게 없을 뿐 아니라, 내용과 결말에 대해 오해하고 있는 경우가 대부분이죠. 그저 따뜻했다거나 배경 화면과 배우의 표정과 대사가 인상적이었다는 희미한 분위기만 기억하는 것은 아닐까? 독서도 여행도 연애도 결혼도 이혼도 다 그럴지도 모르죠. 삶과 죽음까지도.

우리가 두 번째 보는 영화가 이렇게 처음 본 듯 새로운데, 두 번 똑같은 삶을 산다 한들 우리는 첫 번째 삶을 제대로 기억하지 못할 것이다. 결국 삶에는 연습이 필요 없을지 모른다. 이런 생각이 들면서 어느 영화에선가 본 이런 문장이 생각났어요. 우주비행사의 암호였던 것 같은데, "토성의 고리는 우주의 결혼반지다"라는 뜬금없는 문장이 하루 종일 머릿속을 맴돌았어요. 그건 마치 당신과 사랑스런 내 친구 간호사, 그녀의 안녕을 비는 마법의 주문 같은 거였어요. 문득 천수관음상을 떠올립니다. 어릴 적 절에서 본 천 개의 손을 가진 부처상이 얼마나 무서운지 몇 날 며칠 꿈속에 나타나곤 했답니다. 어른이 되어 알고 보니 그 손은 무서운 손이 아니라 고마운 손이었어요. 세상의 불쌍한 중생들을 도와주려면 천 개의 손도 모자라지요. 내게도 천 개의 손이 있어 사람들의 아픈 몸과 마음을 쓸어주고 싶네요.

"이곳에 너무 오래 있었다. 이곳이 아니면 어디라도 좋을 것이다." 하는 당신의 마음도 내 여러 개의 손으로 꼭 잡아주고 싶은 해질 무렵입니다. 당신은 이제 어디로 갈 건가요?

어디로 가든, 어디에 있든 행복하길 빕니다.

문득 이런 말이 떠오르네요. “오래 살수록 행복해진다(프랭크 로이드 라이트).”

우리의 삶도 그러하기를.

#29

밝은 상점들의 거리

당신의 안부가 궁금해지는 겨울의 끝자락입니다. 그곳이 아니라면 어디라도 좋을 것 같다는 당신의 마음이 전염되기라도 한 듯, 저도 어디론가 떠나고 싶다는 마음에 사로잡혀 있었어요. 당신도 마침내 다른 곳으로 떠났나요? 소식이 없어 궁금하던 중, 라스베이거스를 떠나 서울에 쉬러 온 언니와 함께 무작정 여행을 떠났습니다. 이곳이 한참 겨울이라 따뜻한 곳으로 가고 싶었어요. 이 세상 모든 소리가 다 들리는 언니는 병이 더 심해져서 장기 요양이라도 해야 할 상황이었지만, 언니는 가보고 싶은 곳이 딱 하나 있다며 먼 산을 바라보았어요.

그곳이 중국의 '무이산'이라 하더군요. 언젠가 사진 속에서 본 적 있는 무이산의 안개구름이 눈앞에 그려졌어요. 언니와 나는 비행기를 타고 중국 복건성 샤먼으로 날아갔어요.

비행기를 타는 동안 내내 귀마개를 꽂고 있는 언니의 얼굴은 마르다 못해 뼈만 남아 앙상했어요. 비행기가 이륙하기 시작하자 언니의 얼굴은 공포에 휩싸였지만, 나는 언니의 손을 꼭 잡고 무사히 비행기에서 내려 유람선을 타고 중국 속의 유럽이라는 '고랑서' 섬에 도착했어요. 유럽풍의 붉은 가옥들이 빽빽이 늘어서 있는 작은 섬에는 '피아노 박물관'이라는 독특한 박물관이 있었어요. 자연풍광이 아름다워 1900년대 초부터 외국인들이 많이 살았다는 그 섬에는 만 명의 외국인과 600대의 피아노가 있었다더군요. 대만 부호인 '허우위'라는 사람의 그림 같은 집에 세계 각국에서 수집한 피아노들이 멋지게 진열되어 있었어요. 뺑 둘러 바다를 끼고 호수처럼 정원을 만들어놓은 그곳은 마치 꿈속 같았어요. 각양각색의 피아노들이 그리운 표정으로 바다를 바라보고 있는 그 고요한 풍경이 언젠가 꿈속에서 본 것만 같았답니다.

언니는 귀마개를 벗고 그 고요한 피아노들의 정경을 천천히 둘러보았어요. 해가 지자 온통 붉게 물든 하늘과 바다를 배경으로, 피아노의 침묵 속에서 언니와 나는 그저 고요히 그곳에 머무르는 것으로 충분히 행복했답니다. 마치 사람처럼 같은 모습이 하나도 없는, 조용한 식물 같기도 하고 소리를 낼 수 있는 조각품 같기도 한 피아노들을 바라보다가 문득 언니가 놀란 듯 신음을 토했어요. "갑자기 소리가 안 들린다. 아무 소리도 안 들린다."

그렇게 시달려야만 했던 소음들을 그 피아노들이 다 흡수해버린 걸까? 나는 조용히 언니의 손을 잡고 다른 피아노들이 있는 2층으로 올라갔어요. 나무 계단이 삐걱거리는 소리가 들렸지만, 다른 때 같으면 백 배는 크게 증폭될 그 삐걱거리는 소리가 언니의 귀에는 하나도 들리지 않는 것 같았어요. 언니는 그 섬에서 살고 싶다고 하더군요. 모든 소음이 증폭되어 들리는 것과 아무 소리도 안 들리는 것 중 어느 쪽이 나을까? 언니는 후자를 택하겠다 했어요.

이국적인 분위기의 고량서 섬에서 밤을 보내고, 아침이 되어 내려간 호텔 식당의 구석 자리는 사람들이 별로 없어 조용했어요. 문득 달각대는 나이프와 포크 소리가 피아노 소리처럼 들려왔어요, 나이프와 포크, 스푼의 달가닥거리는 소리, 커피 따르는 소리 들이 내게는 〈엘리제를 위하여〉, 〈G 선상의 아리아〉, 혹은 쇼팽의 즉흥곡들을 서툰 솜씨로 치는 피아노 소리로 들려왔지만, 언니의 귀에는 아무것도 들리지 않는 듯했어요.

병이 나은 걸까요? 물 좋은 온천에서 고질 피부병이 낫듯이 언니의 귀에 크게 들리던 소리 병이 하필이면 왜 고량서 섬에서 사라진 걸까요?

우리는 갑자기 언니의 귀에 큰 소리로 증폭될지 모를 소리에 마음 졸이며 조심조심 섬을 빠져나왔어요. 셔먼에서 버스를 타고 한참을 달려 무이산에 도착했답니다. 말로만 듣던 안개 속의 무이산은 숨이

막힐 정도로 아름다웠어요. 소리를 잊은 언니는 조금씩 뿌려대는 여우비를 맞으며 아무 소리도 들리지 않아서 너무 행복해했어요. 어쩌면 보이는 것과 들리는 것, 둘 중 하나를 선택해야 한다면 보이는 쪽을 택하겠단 생각이 들더군요.

비를 맞으며 구름 위에 또 구름이, 수도 없는 구름이 떠가는 신비로운 산속의 계단을 하염없이 오르다 보니, 세상의 모든 소리들이 다 산속으로 숨어들어 메아리조차 들려오지 않는 듯했어요. 내게는 폭포의 물소리도 피아노 소리처럼 들려왔어요. 문득 예전에 집안끼리 잘 알고 지내던 화가 할아버지가 떠올랐어요.

백 살이 넘어 돌아가신 노 화백의 귀에는 이미 오래전부터 아무것도 들리지 않았어요. 여럿이 식당에서 밥을 먹을 때면 그는 아무 소리도 하지 않고 가만히 듣다가 갑자기 '뚱땅 땅땅'하며 큰 소리를 내기 시작하곤 했어요. 소리를 지른다기보다는, 노래를 부른다기보다는, 알아들을 수 없는 외계어로 혼잣말을 하는 것도 같았는데, 알고 보니 그건 어릴 적에 외웠던 러시아 군대의 군가라고 하더라고요. 웅성거리는 세상의 소음을 하나도 알아들을 수 없게 되자, 그분은 그렇게라도 소리를 질러대지 않으면 미쳐버릴 것 같다고 제게만 살짝 말씀해 주셨어요.

백 살 하고도 두 해가 되던 날 즈음에 그분은 세상을 떠나셨어요. 아무것도 들리지 않던 그의 귀와 아무도 알아들을 수 없었던 그의 소리 들은 어떤 상관관계를 갖는 것일지, 지금도 가끔 궁금해진답니다. 누군가 말하듯 사람이 오래 살수록 행복해진다는 말은 역설일 확률이 크지요. 유난히 오래 사는 사람은 세상의 새로운 언어들과 소통하기 어렵게 될 것이고, 그렇게 고독한 자신만의 세계는 고고학 박물관처럼 적막한 곳이겠지요. 무이산의 적막 속에서 하필이면 노 화백의 웅얼거림이 생각나는지 모를 일이었어요. 언니는 소리 병이 다 나은 듯 콧노래를 부르기 시작했어요. 이상하게도 언니의 흥얼거림은 그 옛날 노 화백이 웅얼거렸던 러시아 군가 같은 음률을 지니고 있었어요. 나의 귀가 이상해지는 건지도 모르는 일이었고요.

우리는 산에서 내려와 시내를 거닐었어요. 저녁을 먹고 밤이 와도 시내의 가게들은 거의 환하게 불이 켜져 있었어요. 그 가게들을 자세히 들여다보니 다 차를 파는 곳이거나 찻집이더라고요. 아무것도 없고 찻집들만 즐비한 밤거리에서 한적하게 다도를 즐기는 사람들의 풍경은 이상한 꿈속 같았고, 언니와 나는 왠지 몸과 마음이 정화되는 느낌을 받았어요. 그곳은 차를 즐기고 숭배하는 사람들에겐 성지라 불리는 곳이라 하더라고요. 나는 그 찻집들을 스쳐 지나며 왠지 들어갈 수 없는 '밝은 상점들의 거리'라는 제목이 떠올랐답니다. 언젠가 읽은 '패트릭 모디아노'의 소설 《어두운 상점들의 거리》라는 책 제목도 떠올랐고요.

부분적인 기억상실증에 걸린 주인공이 자신의 잃어버린 기억을 찾아가는 여정을 그린 그 소설을 다른 방식으로 다시 읽는 기분이었답니다. 내가 부분적으로 잃어버린 기억들이 그 찻집들 안에 숨어있는 것만 같은 그런 기분이랄까요? 이상하게도 그렇게 밝은 상점들의 거리가 바로 눈앞에 있는데도 너무 멀게만 느껴졌습니다. 우리의 말을 하나도 알아듣지 못하는 사람들이 차를 파는 거리, 문득 언니와 내가 갑자기 낯선 별에 떨어진 어린 자매 같은 쓸쓸한 생각이 들었어요. 그래도 혼자가 아닌 건 참 따뜻한 추억이 되었고요. 아무도 들어오라거나 손짓조차 하지 않는, 아니 우리가 투명 인간이라도 되어 그들의 눈에는 보이지 않는 것 같았어요.

비현실적으로 느껴지는 밝은 상점들의 거리에서 아무 찻집에나 들어가 차 한 잔 마셔도 좋으련만, 우리는 망설이고 기웃거리며 그저 스쳐 지나갔어요.

그날 밤 꿈을 꾸었는데. 당신과 내가 그 밝은 상점들의 거리 어느 찻집에 앉아 차를 마시고 있었어요. 어찌 이 먼 길을 왔는지 물었더니 저를 찾아 지구를 돌아왔다 하더군요. 아무도 알아듣지 못하는 외계어로 누군가 우리를 향해 물었어요. 무슨 차를 마시겠냐는 말 같았는데, 그 소리도 그 옛날 노 화백이 웅얼거리던 러시아 군가처럼 들렸어요. 전쟁이 나서 피난을 내려와, 백 살이 넘어 세상 떠날 때까지 그리운 고향을 가보지 못한 노 화백의 절절한 음률로 누군가 무슨 차를 마시겠냐고 묻는 거였어요. 서양 얼굴을 한 당신과 동양 얼굴을 한 내가 낯선 외계에서 만나 차를 마시는 풍경은 마치 영화를 보는 것 같았어요. 게다가 한문으로 쓰인 찻집의 이름을 물으니 영어를 한마디도 못 알아듣는 주인이 '바그다드 카페'라고 답하더군요. 내가 깜짝 놀라는 사이, 당신은 그 옛날 뉴욕 맨해튼의 작은 갤러리에서 스쳐 지났던 젊은 얼굴 그대로 내게 카드를 하나 내미는데, 그건 청첩장이었어요.

당신의 이름과 누군가의 이름이 나란히 씌어있더군요. 그 이름이 내 이름은 아닌 것 같았어요. 그게 누군지 물어보고 싶은 마음이 간절했지만, 이내 꿈이라는 걸 알았어요.

오래도록 소식이 없어 불안한 마음에 이런 꿈을 꾸었던 걸까? 꿈이란 참 알 수 없는 현실의 속마음일지도 모르겠네요. 이곳은 뿌연 미세먼지 속에서 겨울이 가고 있습니다. 봄이 오면 또 뭐하나, 늘 그런 생각으로 살았던 젊은 날이 아까워지네요. 누구나 힘들었던 그 좋은 봄날은 가고, 또 봄은 다시 오지만, 우리들의 유일한 현실은 지금 이 순간 살아있다는 것, 그리고 언젠가는 끝이 올 거라는 사실이지요. 당신이 지금 어디 있든, 누구와 함께이든 늘 행복하길.

_ 언제나, 당신의 친구

#30

달에 간 사람들처럼

안부를 궁금해하는 당신에게 고마움과 미안함이 앞섭니다. 막상 또 이곳을 떠난다고 하니 무력감이 스며듭니다. 이제 또 어디로 가나 하는 막연한 두려움과 그동안 사는 이유라고 자신을 설득했던 것들이 공중누각처럼 내 마음 안에서 무너져 내리는 걸 봅니다. 우리가 옳다고 생각했던 것들, 내가 꼭 이곳에 필요하리라는 믿음, 이런 것들이 사라진 뒤에야 어쩌면 우리는 자신만의 삶을 다시 시작할 수 있을지도 모르지요.

당신을 보러 한국에 가볼까 하는 생각이 들었습니다. 몇 번이나 망설이다 메일을 쓰다 말고는 했답니다. 오랜 세월 상상 속의 휴면지대였던 DMZ도 가보고 싶네요. 언젠가 북한 아이들을 치료하는 꿈을 꾸어보았던 오래된 기억도 떠오릅니다. 요즘 나는 전쟁이라는 말과 이미지와 그것이 남긴 상처들에 지쳐 있습니다. 전쟁은 끝이 나든 휴전 중이든, 아니 평화 속에서조차 잠들지 않고 우리의 잠을 방해하는 죽지 않는 괴물입니다. 푹 잠을 자본 게 언제인지도 모르겠네요.

당신들 자매를 괴롭히는 세상의 모든 소리들이 내 잠 속으로 이사를 온 모양입니다. 폭탄이 터지는 소리, 비행기가 지나가는 굉음, 아픈 이들이 토해내는 신음 소리 등으로 잠을 못 이루기 일쑤입니다, 미국으로 돌아가 당분간 의사 일을 그만두고 푹 쉬려 합니다. 그동안 너무 오래도록 혼자여서 그런 건 아닐까? 당신의 편지가 내게 딱 맞는 치유의 처방전이라서 물리적으로 어쩌면 더 혼자였는지도 모르겠습니다.

당신의 친구이기도 한, 간호사 아가씨를 어떻게 도와야 하나 머릿속이 복잡하네요. 아직은 나타나지 않는 IS 연인이 뚜벅뚜벅 걸어와 총부리를 그녀의 가녀린 목에 들이대는 상상 속에서 말하는 법을 잊어버린 듯 침묵하는 그녀, 어떻게 해야 할까요? 그녀의 말없음표와 함께 나의 무기력함과 무상한 계획들은 계속 표류 중입니다. 시간의 무심한 흐름에 몸을 맡기고 떠내려가 보자고 자신을 타이릅니다. 나는 지금 내 생의 어디쯤을 떠내려가고 있는 걸까? 서른 살의 조급한 마음과 나이 든 사람의 조급함은 어떻게 다를까?

당신을 처음이자 마지막으로 보았던 그때나 지금이나 나는 늘 초조합니다. 당신도 그렇겠지요. 요즘은 당신이 추천해준 포르투갈 문학의 상징 페르난두 페소아의 《불안의 책》을 읽는 중입니다. 얼핏 지루하기 짝이 없는, 그 밑도 끝도 없는 긴 책이 내게 위안을 줍니다, 보다가 잠시 졸고 나면 새 인생을 시작하는 기분이 드는 묘한 매력을 지닌 책이네요.

《불안의 책》을 '삶의 책'이라 제목을 바꾸어도 무방할 듯합니다.

살아있다는 건 불안 그 자체라는 걸 깨닫게 해주는 그 지루하고 재미없고 긴 책에 매료되다니 신기한 기분입니다. 요즘의 내 생각과 딱 맞아떨어져 그런 모양인가 봅니다.

> "우리가 하는 일은 아무 가치가 없고 우리가 그 일을 하는 것은 단지 시간을 때우기 위해서라는 것은 사실이다. 하지만 우리는 자신의 운명을 잊기 위해 밀짚을 엮는 죄수라기보다는 그저 생각 없이 시간을 보내기 위해 베개에 수를 놓는 수녀에 가깝다."
>
> -《불안의 책》 중에서

살아생전에 여러 개의 이름으로 글을 쓴 이 무명의 작가는 죽은 뒤 유명세를 세상 곳곳에 떨치게 되었던 아주 특별한 존재입니다. 엉뚱하게도 자신을 작가라고 생각하지 않고 그저 살아있기 때문에 글을 써 내려간 유태인 소녀 안네 프랑크를 생각나게도 합니다.

어쩌면 나도 지금부터 이런 글을 쓸 수 있지 않을까 하는 몽상으로 이 책을 보는 내내 마음이 설렙니다. 마치 당신의 편지를 읽기라도 하는 것처럼 아껴서 읽는 중입니다. 누군가를 절대적인 위험에서 구하겠다는 내 젊은 날의 맑은 의식은 촛불처럼 흐려져, 내가 사람의 생명을 구했다고 생각하는 건 단지 착각일 뿐, 그들을 구한 건 알 수 없는 누군가의 손이었고, 살고 죽는 건 다 그들의 운명일지 모른다는 생각이 듭니다.

생을 마감하는 순간까지 우리 곁을 떠나지 않을 막연한 불안감에 대하여 써 내려간 삶의 일기, 페소아의 《사실 없는 자서전》, 그런 책을 한 권 쓰고 싶다는 희망이 생겼답니다.

이왕이면 《불안과 사랑의 책》이라는 그런 제목을 붙여도 좋을 것 같습니다. 그 책에는 초조함과 불안감 사이로 가끔 섬광같이 끼어드는 순간의 행복감, 살아있음의 추억, 그중에 당신과 함께 나눈 편지들도 단단히 한몫했음을 부인할 수 없겠지요. 저번에 보내준 당신의 편지, 찻집이 즐비한 중국 무이산의 거리풍경과 피아노 박물관의 오래된 피아노들이 내 머릿속을 한참 맴돌았습니다. 딱 그런 곳으로 가고 싶은 기분이 들었답니다. 아무도 나의 말을 알아듣지 못하는, 나 역시 그 아무의 말도 알아듣지 못하는, 모든 소리를 삼켜버린 침묵의 거리, 그러나 햇살만은 가득한 그런 곳으로 말입니다. 언제나 세상의 귀한 햇빛으로 살고 싶었습니다.

많이 사랑했던, 한때는 아내였던 사람의 그림자가 이제는 뿌연 저편의 장막 속으로 사라진 지 오래고, 그동안 몇 번의 애증의 파도가 내 마음속을 훑고 지나갔습니다. 사랑도 미움도 존경도 무시도 모든 건 다 내 마음속의 파도라고 동양의 선지식이 텔레비전에서 하는 말을 굳이 귀 기울여 듣지 않아도, 나는 그 모든 것이 철썩철썩 부딪쳤다 사라지는 마음속의 파도인 걸 스스로 알아차렸습니다.

인류는 바야흐로 영원불멸의 꿈을 실현하기 위해 오늘도 고군분투 중이지만, 그 영원불멸의 시조는 중국의 진시황이었을 것 같습니다. 나는 요즘 나 자신이 그 진시황제의 묘에서 발굴된 흙으로 만든 병사를 닮았다는 생각이 듭니다. 영혼이 통하는 지구인과 교신하는 외로운 우주인 같기도 했고요. 시시각각으로 변하는 그 불안한 마음의 파도를 타는 순간에도 당신과 주고받는 편지들로 많이 행복했습니다. 영원히 끝이 나지 않을 것만 같은 전쟁터에서 평화로운 일상의 햇볕 따뜻한 공원을 향해 보내는 구조의 신호이기도 했던 나의 편지들이 당신의 마음 어느 언저리에 앉았다가 작은 나비 한 마리 되어 허공을 향해 자유롭게 날아가도 좋았습니다. 사랑을 향해 불 속으로 뛰어드는 부나비보다는 당신의 마음속을 맴도는 하얀 나비를 나는 좋아합니다. 간호사 아가씨는 나와 친한 동료 여의사 집에서 꼭꼭 숨은 채 나오지 않고 있습니다. 어쨌든 지금 나는 그녀를 두고 이곳을 떠날 수는 없을 것 같습니다.

당신이라는 사람을 매개로 맺어진 의리 같은 것일지도 모릅니다. 그녀는 결국 한국으로 돌아가야 하는데, 그곳엔 아무도 없다고 하더군요. 어쩌면 전화를 걸고 싶은 사람도 당신밖에는 없는 듯 보였어요.

마음이 안정되지 않은 상태라 한참은 더 쉬어야 할 것 같았고요. IS에 가담해 떠난 연인을 찾으러 왔던 게 언제였던지, 그 기억조차 가물거리는 듯했어요.

전쟁터로 떠난 연인이 죽은 줄 알고 힘들어했던 그녀의 곁을 지켜준 착한 미군과 결혼해서 행복하게 살아야 마땅한 그녀의 운명이 엉망진창이 되어버린 현실에, 그녀는 아직도 이해가 가지 않는 얼굴로 정물처럼 그저 가만히 있을 뿐이네요.

어제는 쿠르드족 출신인 동료 여의사와 그 집 안에 꼭꼭 숨어있는 간호사 그녀와 함께 머리라도 식힐 겸 영화를 몰아서 몇 편 보았습니다. 이곳에도 영화는 각 나라 최신 것들도 다 볼 수 있으니까요. 와인을 한 잔 마시며 영화를 보면서 각자 다른 생각을 했던 것도 같습니다, 영상들은 사라지고 인상적인 말들 몇 개가 소복이 남았습니다.

"열심히 살다가 언젠가는 죽을 이름 없는 사람들을 위하여"라든지 "간절히 원하면 이루어져요. 달에 간 사람들처럼요.", "너의 이름으로 나를 불러다오. 나도 나의 이름으로 너를 불러줄게." 그런 꽃 같은 문장들이 머릿속을 맴도는 이곳도 봄이 무르익어갑니다. 어쩌면 낯선 나라에서 아프고 죽어가는 사람들을 치료하는 삶을 선택한 건 영원한 철없음의 여정이었는지도 모릅니다. 외과 의사였던 체 게바라의 청춘일지 영화《모터사이클 다이어리》의 풍경들도 생생히 떠오릅니다. 어디론가 떠나고 싶은 나의 마음은 매일매일 파도치며 왔다가는 사라지고 또 왔다가는 사라집니다. 오랜 나의 동료인 쿠르드족 여의사는 며칠 뒤 시리아로 남편을 찾아 떠난다고 합니다. 그녀의 남편은 시리아 쿠르드 민병대 소속으로, IS의 수도 시리아 락카에서 IS 군을 몰아낸 쿠르드족 전사랍니다. IS 최후의 점령지 바구즈에서 포위된 채 민간인 천 명을 인질로 잡고 버티고 있는 IS 잔병 퇴치 중 소식이 끊긴 지 한참 되었다 하네요.

남편을 찾아 시리아로 떠난다는 그녀가 몹시 걱정됩니다. 가족을, 사랑하는 사람을 찾으러 떠나는 사람, 추격 중인 사람, 도망치는 사람, 도피 중인 사람, 숨어있는 사람, 그리고 방관자들, 모든 사람들의 운명은 날실과 씨실로 짜여 서로에게 끝없이 영향을 미치는 거대한 양탄자 같습니다. 그 슬픈 지구의 미아 쿠르드족을 아시나요? 3,500만 명에 이르는 인구가 나라도 없이 터키, 이란, 이라크, 시리아 등으로 흩어져 사는 그들의 삶은 한 번도 자신들의 국가를 가져본 적 없는 영원한 유랑인들이랍니다. 지금도 터키, 시리아, 이라크 등지에서 매일 매순간 독립투쟁 중이지요. 친한 동료 여의사가 전쟁터로 남편을 찾으러 떠난다니, 어디론가 떠나고 싶다고 생각하던 내 인생의 모호함은 다시 사치스러움으로 바뀝니다.

나의 시간은 무엇을 위해 어디로 가는 걸까? 내 시간만큼이나 빠른 속도로 달려갈 당신의 시간에 관해서도 생각합니다. 우리가 뉴욕 소호의 갤러리에서 잠시 만났던 그 시간은 얼마나 아득한 시간인 것일까? 그로부터 쉬지 않고 달려간 나와 당신의 시간은 늘 평행선을 그으며 다른 곳을 향해 사라졌지만, 지금 이 순간도 당신의 시간은 나의 시간을 향해 위안의 메시지를 보내는군요. 그곳에서 행복하지 않다면 더 늦기 전에 다른 곳으로 떠나라고. 인생은 행복하지 않기엔 너무 짧다고, 객관적으로 측정되는 시계의 시간과 마음으로 느끼는 시간의 속도는 얼마나 다른지요. 우리가 느끼고 감지하는 시간은 우리가 이미 살았던 시간의 비율에 좌우된다고 합니다. 나이 들수록 우리들의 마음 시간은 녹을 시간도 없이 사라지는 드라이아이스 같습니다. 나의 마음 시간 안으로 당신의 마음 시간이 걸어 들어오는 환상을 봅니다,

영화 속의 바그다드 카페에서 우리가 커피 한 잔을 나누어 마신 기억이 꿈인지 생신지 아득해져 오는 지금 여기, 나는 어디에 있는 것일까? 어디로도 가지 못하고 정지해있는 것만 같습니다. 아니 실제로 당신의 그림이 영문도 모르게 걸려있던, 시리아 사막에 오아시스처럼 서 있던 '바그다드 카페 66'이 떠오릅니다. 그리고 당신이 꿈속에서 나와 함께 차를 마셨다는 중국의 무이산 찻집 거리, 당신 꿈속의 '바그다드 카페'도요.

고향으로 돌아가 한 계절쯤은 미국의 서부를 여행하고 싶습니다. 그 황량한 사막에서 우리를 기다리는 꿈속의 바그다드 카페와 느리게

돌아가는 축음기 소리, 고장 난 커피 머신, 영화 속의 뚱뚱한 주인공이 마술을 가르치는 곳, 우리의 젊음이 묻혀있는 상상 속의 바그다드 카페를 찾아 당신도 그 여행에 함께하면 어떨까 싶네요. 이건 우리들이 만들어낼 수 있는 마음 시간 속의 풍경입니다. 오늘은 내 방에 걸려있는 당신의 그림을 흉내 내어 똑같이 그려보았습니다. 그림을 그리는 일은 참 행복한 일이더군요. 똑딱거리며 지나가는 시계의 시간을 멈추는 마음의 시간을 창조하는 일, 문득 당신이 부러워졌습니다. 미국의 광활한 서부를 한참 유랑한 뒤 어디로 갈지, 머물 곳이 어딘지 다시 생각해보려 합니다.

《불안의 책》을 펼치니 밑줄을 쳐 놓은 구절 중에 이런 구절이 눈에 띕니다. "나는 길을 가다 우연히 마주치는 많은 사람들도 나처럼 이길 수 없는 전쟁에 깃발도 없이 참전한 군대라는 생각이 든다." 정말 내가 지금 딱 그런 기분이네요. 이길 수 없는 전쟁에 깃발도 없이 참전한 군대 속의 탈영병, 이제 나는 군복을 벗고 모하비사막으로 달려가 당신과 함께 '바그다드 카페'를 운영해도 좋을 것 같습니다. 문득 이 행복한 꿈이 진짜 현실로 바뀔 것만 같은 기분 좋은 저녁입니다.

우리가 만날 때까지 안녕히.

#31

인간은 향수를 발명한 존재다

기다림이란 설렘과 동시에 불안을 동반하나 봅니다. 세상에 불안하지 않은 순간이 단 한 순간이라도 있을까? 그래서 페소아의《불안의 책》은 우리 모두의 일기이기도 합니다.

당신이 나를 보러온다는 생각은 잠시 잊어버리고, 그가 사랑스러운 내 친구 간호사와 동행해 한국에 온다고 적어두었습니다. 그러고 나니 기다림은 배가 되고 불안은 반으로 줄어들었어요. 우리가 얼굴도 제대로 기억하지 못한 채 주고받은 편지들도 사랑과 불안의 편지였겠지요. 하긴 우리나라의 옛사람들은 얼굴도 보지 않은 채 사진만 보고 결혼을 했으니까요. 요즘처럼 뜨겁게 사랑해서 한 결혼보다 훨씬 결속력이 강했던 옛 결혼은 어쩌면 체제 유지에 이용된 강압적 삶의 프로세스는 아니었을까요? 결혼의 시대는 어쩌면 뒷전으로 사라져가고 있습니다. 이제 가까운 누군가 결혼을 한다 해도 축복보다는 불안이 앞서곤 하니까요. 하지만 사랑스런 간호사 아가씨의 결혼식엔 꼭 가고 싶었답니다. 열정적인 그녀의 행복한 웃음을 꼭 보고 싶었어요.

얼마 전 꿈속에서 당신의 결혼식에 갔던 기억을 떠올립니다. 이제야 이야기하지만, 그 곁에는 꿈속에서도 내가 아닌 그녀가 당신 곁에 서 있었어요. 꿈속에서 아니 깨어서도 이상하게도 내 마음이 나쁘지 않았답니다. 진심으로 당신들의 행복을 빌었어요. 정말 나쁘지 않은, 아니 잘된 만남이라고 혼잣말을 하기도 했답니다. 문득 얼마 전에 보았던 영화 속의 노래가 머릿속을 맴도네요. 〈판타스틱 우먼〉이라는 제목의 영화였어요. 주인공인 한 트랜스젠더 여인이 연인의 갑작스런 죽음 뒤에 오는 고독과 공포를 이겨나가는 한 인간의 성장 이야기였어요. 성장 이야기가 어린이나 청소년에만 해당되는 것은 아니지요. 죽는 날까지 우리는 성장하니까요.

후퇴하거나 정지하지 않고 성장해가는 이야기는 우리에게 살아남을 희망을 주죠. 영화 속의 주인공은 우람한 어깨를 지닌 남자였지만 아름다운 음색을 지닌 여성이기도 했어요. 그녀가 바에서 노래를 부르는 장면이 내내 잊히지 않았고, 그 노래의 노랫말도 계속 머릿속을 맴도네요.

"당신 사랑은 어제 신문 같아. 아무도 다시 보지 않지. 아침엔 깜짝 놀랄 소식이지만 한낮이면 진상이 드러나 오후엔 이미 잊힌 이야기. 당신 사랑은 어제 신문 같아. 한때는 헤드라인이 1면 가득, 어디서나 당신을 다 알았지.

나는 당신의 이름을 오려내 내 망각의 앨범에 고이 붙여두었어. 당신 사랑은 어제 신문 같아. 쓰레기통에 버려진 신문, 한때는 사랑했지만 이제는 당신을 사랑하지 않아."

어쩌면 당신이 보호하고 있는 가엾고 사랑스런 그녀의 이야기 같기도 했어요. 아니 우리가 한때 겪었던 그렇고 그런 사랑 이야기. 신물이 나는 세상의 많은 사랑 이야기를 어쩌면 이렇게 잘 표현할 수 있을지 신기한 생각이 드네요.

사랑은 남자와 여자가 하는 거라는 생각을 했던 아주 옛날의, 어쩌면 사랑이어도 좋고 아니어도 그뿐일, 그런 사랑에 관하여 난 생각합니다. 그저 머릿속의 어느 방에 오롯이 저장된 영화 속의 한 장면이거나 기억 속의 어떤 소리, 냄새에 대해서도. 영화《바그다드 카페》를 보았던 그 시절에 좋아했던 향수의 이름들을 떠올립니다. 그 시절 나는 캘빈 클라인의 이터니티(Eternity)라는 향수를 좋아했어요. 지금도 탁 쏘면서도 섬세하게 파고드는 그 냄새를 좋아하지요. 생각해보니 '영원'이라는 그 향수의 이름도 좋아했던 것 같네요. 그때 쓰고 바닥에 조금 남은 그 오래된 향수가 강렬한 냄새는 날아갔어도 여전히 구분할 수 있는 독특한 향을 아직도 간직하고 있어요. 이삼십 년이 지난 향수도 뚜껑만 잘 닫아두면 향이 서서히 약해질 뿐 아주 사라지지는 않는답니다. 향수란 참 신비로운 인간의 발명품이지요. '인간은 향수를 발명한 존재다.' 그렇게 말하고 싶어요. 전기를 발명하거나 수세식 양변기나 전화를 발명한 것이나 마찬가지로 말이죠. 어쩌면 그 옛날 뉴욕 맨해튼의 갤러리에서 스치듯 만난 당신과 나도 희미하게 약해진 향기로 남아 서로의 뇌 공간 어딘가에 저장된 건 아닐까요?

엘리베이터를 타는 순간 훅하고 코끝을 스치는 모르는 사람의 향기가 하루 종일 기분을 달뜨게 하기도 하죠. 보이지 않는 옷이라고 불리는 향수, 문득 쥐스킨트의 소설 《향수》가 생각나네요. 냄새가 없는 인간 그르누이는 아이러니하게도 후각이 매우 발달해 세상의 모든 냄새를 기억하는 사람이지요. 아름다운 냄새를 채취하기 위해 살인을 저지르고 죽은 자의 향기를 빼앗아 사랑을 불러일으키는 향수를 만드는 데 성공하죠. 마지막에 자기 자신의 몸에 그 향수를 뿌리자마자 그 냄새가 너무 사랑스러워, 그를 둘러싼 사람들이 산채로 그를 잡아먹어 버린다는 그 책은 기괴하고 독창적인 상상력으로 가득 차 있어요.

그 많은 세상의 향수의 이름들을 떠올립니다. 샤넬 No. 5, 크러쉬, 드림엔젤, 러브, 포이즌, 밤쉘, 포에버앤드에버, 러브인파리스, 앤비미, 마드모아젤, 플라워, 섹시블러썸, 프레젠스, 미스디올, 플레져, 센슈어스누드, 자스민느와, 리멤버미 그리고 이런 이름도 있답니다. 파란 시간, 야간비행. '야간비행'이라는 향수를 뿌려보고 싶네요. '생텍쥐페리'라는 향수의 이름도 좋을 것 같아요. 이 세상에는 우리가 모르는 수많은 향수들이 매일 새로 태어나는 것 같네요.

며칠 전엔 거리마다 낡은 물건들을 가득 진열해놓고 파는 고물 시장엘 갔었어요. 길거리 가득 물건을 펼쳐놓고 파는 사람들, 거의 팔리지도 않는데 주말마다 가득가득 나와 있는 노점 상인들이 내게는 예술가로 보였어요. 파는 물건들도 나름 다 콘셉트가 있어요. 내게 가장 재미있었던 건 쓰던 향수병들을 설치미술 하듯 죽 늘어놓고 파는 노점상이었어요. 향수가 남은 정도도 다 다른, 뚜껑도 달아나고 없는 낡은 향수병들을 보니 인간의 삶의 흔적이 참 질기다는 생각이 들더군요. 오래된 향수병들을 보니 마치 세상 떠난 사람들의 향기를 병에 넣어둔 것 같다는 슬픈 생각도 들었어요.

사람은 가도 그가 쓰던 물건은 질기게 남죠. 이사를 가거나 세상 떠난 사람들의 서식처에서 흘러나온 그 많은 물건들은 서로 자신의 영원함을 과시하며 구석구석에서 빛을 발하죠. 병 바닥에 오분의 일쯤 남아 희미한 향기만 남은 향수병이 얼마냐고 물으니 열게 사면 팔만 원 한 개는 만 원이래요. 웃으며 그걸 누가 그렇게 비싸게 사냐고 물으니 대꾸도 안 하는 거예요. 얼마면 사겠냐는 망설임도 없이, 아무도 안 사도 싸게는 안 팔겠다는 품이, 마치 도도한 화가처럼도 보였어요. 향기가 날아간 낡은 향수병은 돈으로 얼마의 교환가치가 있을까? 오래된 향수를 모으는 수집가에겐 분명 가치가 있을 테지요. 마치 그 오랜 세월을 사이에 두고 편지를 주고받는 당신과 내가 나란히 놓여

있는 빈 향수병처럼 느껴지기도 했답니다. 오늘은 메시앙의 〈시간의 종말을 위한 4중주〉를 들었어요. 1941년 전쟁포로로 수용소에 갇혀 있던 메시앙의 전설적인 음악이지요. 1941년 1월 포로수용소의 추운 겨울 저녁, 동료 포로들의 침묵을 앞에 두고 극도의 굶주림 속에서 연주하는 트럼펫 소리를 상상해보세요. 요한계시록에서 얻은 세상의 종말에 관한 영감으로 가득 찬 그 음악이 역설적으로 영원불변에 대한 묵상적인 환기를 불러일으킨다고 해설서에 씌어있네요.

절망적인 상황 속에서 지니는 놀라운 믿음과 희망을 노래한다고. 하지만 과연 꼭 그럴까요? 메시앙은 세상의 종말에 관한 이미지를 음악으로 번역하며, 그 시간 속 희미한 향기로라도 영원히 남으라고 독백했던 것은 아닌지. 어쨌든 인류가 버리지 않은 꿈은 늘 '영원'이지요. 그 음악을 들으며 서랍 정리를 하다가 오래된 일기를 발견했어요. 당신을 맨해튼 소호의 갤러리에서 스쳐 지났던 바로 그때쯤의 일기였어요.

"나는 누구이며 지금 어디에 있는가? 활어처럼 싱싱했던 내 삶의 순간들이 한꺼번에 살아 돌아오는 밤, 지금 이렇게 끝내버린다면 억울한가? 나 자신에게 묻는다. 아니 아직 반도 못 온 길들이 남아있을지 모르는데, 방향을 잃고 펄럭이는 내 마음의 자락들이 한꺼번에 옷깃을 여민다. 정말 아무것도 아닌, 그냥 끝내버려도 남는 것이라곤 이렇게 생생한 기억 속의 순간들일 뿐, 이 삶의 남은 국수 가락을 붙들고 왠지 불안해서 어쩔 줄 모르는 알 수 없는 시간 속의 어느 시점…."

그때나 많은 시간이 흐른 지금이나 우리들의 화두는 여전히 '불안'인가 봅니다.

불안하더라도 불안 속에서 불안하게 살아남기, 불안이라는 향수에 희망이라는 향수를 섞어서 삶이라는 옷깃 여기저기 뿌리기, 내 친구, 오늘 하루도 잘 보내시길.

#32

우리가 했던 모든 일이 사랑이라면

오늘은 잠이 오지 않아 정말 오랜만에 꼬박 새워보기로 합니다. 그때는 그렇게 눈부신지도 몰랐던 젊은 날, 가는 밤이 아쉬워 꼬박 새우기 일쑤였던 그 밤들을 기억하면서 말이죠.

밤을 꼬박 새운다는 건 영원히 죽기 싫은 기분과도 통하는 게 아닐까? 내가 당신을 기다리고 있었다는 희미한 아픔이 살짝 뇌리를 스쳐 갑니다. 언제부터 우리는 가슴이 아닌 두뇌로 아프기 시작했을까? 늙지 않는다는 건 애써 열정을 유지하는 일, 늙음의 속도를 늦추는 일이겠지요. 늘 두려움과 불안과 열정이 함께 했던 삶의 오르막 계단에서서 내려가는 계단 쪽을 바라봅니다. 늙는다는 건 싸우기 싫어지는 것이고, 도전을 포기하고 편안함 쪽으로 키를 돌리는 거라지만, 그런 느낌은 아직은 내게 편안하지 않습니다. 이 밤을 꼬박 새우며 엉뚱하게도 오늘 아침 뉴스에서 본 공작새의 탈출을 떠올립니다. 공작새는 왜, 어디로 탈출한 걸까? 그리고 지금쯤 어디까지 간 걸까?

멀리 있는 것들의 거리를 재는 방법에 도플러효과를 이용한다고 하죠. 도플러효과란 기차가 다가올 때 기적소리가 높게 들리다가 멀어지면서 기차의 기적소리도 낮아지는 것, 달려오는 구급차의 사이렌 소리가 높게 들리다가 지나가면 소리도 낮아지는 현상이라네요. 몸속을 들여다보는 의학적 검사에도 흔히 사용되는 이름이지요. 하나의 별과 또 하나의 별이 어느 정도의 속도로 멀어져 가는지를, 도플러효과를 사용해 별의 크기를 측정한다고 해요. 멀리 있는 별은 어둡게 보여요. 공작새도 희미하게 보이네요. 멀리 있나 봅니다. 잠이 오지 않은 김에 꿈속에서인지 현실에서인지 꼭 찾고 싶은 물건을 떠올려 봅니다. 집안이 보물섬으로 느껴지는 때는 유년 시절과 노년 시절이겠지요. 나는 그 양쪽의 기분을 다 지닌 채, 잊고 있었던 물건들을 찾기로 합니다.

문득 '나는 찾는다. 고로 존재한다'라는 생각이 드네요. 어린 시절부터 청소년기까지 오랜 세월 모았던 우표 앨범 속에서 나는 단 한 장의 우표를 찾기 시작합니다. 인간이 달에 착륙한 위대한 사건을 기념하는 '달 착륙 우표'를 며칠 전 꿈속에서 한참을 찾았습니다, 가장 아끼는 우표 중의 하나였는데, 아무리 찾아도 없습니다, 문득 머릿속에서 '나는 찾는다, 고로 존재한다'라는 명제가 '나는 기다린다. 고로 존재한다'라는 명제로 바뀝니다. 무엇을 기다리는 걸까? 오래된 우표 앨범 속에서 나는 무엇을 기다리는지 찾아보려 합니다. 끝없이 내 안에 있는 무언가를 계속 찾는 중입니다. 내 마음속의 보물섬, 어쩌면 그곳에서 당신이 나를 기다리고 있는지도 모릅니다. 약간 두께가 느껴지는, 우표를 살짝 기울이면 색깔이 다르게 보이는 이중의 이미지로 만들어진 1969년에 발행된 입체 우표, 그게 어느 나라 우표였는지는 기억이 나지 않습니다. 어린 시절 기억 속의 아름다운 우표들은 현실에서는 너무 먼, 이를테면 파라과이, 예멘, 사우디아라비아, 콜롬비아 같은 낯선 나라들의 우표들이었어요. 그 낯선 나라들에 가보고 싶다는 건 살고 싶다는 희망 같은 거였어요. 지금처럼 자살을 하는 사람이 많지 않은 시절이었죠. 말하자면 우표는 어린 내게 희망 같은 거였답니다. 우주복을 입은 닐 암스트롱이 달 표면에 착륙하는 푸른색의 환상적인 우표가 머릿속을 맴돌면서, 닐 암스트롱이 갑자기 화려하게 날개를 편 공작새의 이미지로 변하기도 합니다. 나는 무엇을 찾는 걸까? 달 착륙 기념 우표를? 공작새를? 어쩌면 당신을? 며칠 전엔 오래전에 돌아가신 아버지의 무덤에 갔었습니다. 세월이 약이라는 말은 이 세상의 맞는 말 중 가장 맞는 말 중의 하나입니다.

참을 수 없는 오열이 먹먹한 슬픔으로, 그 슬픔이 삭아 허망한 쓸쓸함으로 남은 떠나간 사람의 자리, 누군가 완전히 잊힌다는 건 그를 애도하는 마지막 한 사람까지 사라진다는 것이겠지요.

할머니, 할아버지, 아버지가 묻힌 가족묘 앞에서 그저 향이나 피우고 술이나 한잔 올릴 뿐, 아니 담배를 사랑하시던 아버지 무덤 앞에 담배 하나 불붙여놓기도 합니다. 마치 생전의 아버지가 피시는 듯 담

배는 연기를 뿜으며 작아집니다. 문득 할 말이 아무것도 없어지네요.

인생이라는 게 결국 할 말이 없는 거라는 걸 다시 깨닫는 순간, 나와 아버지의 거리가 너무 멀다는 생각이 듭니다. 왜 이렇게 먼 곳에 모셔다 놓고 일 년에 한 번 오는 게 고작인 걸까? 죽은 자와 산 자의 거리를 재는 일, 다시 한번 도플러효과가 생각납니다. 공작새, 사라진 공작새가 되었다고, 하늘의 별이 되었다고 생각했었던 아버지의 죽음, 이제는 거리가 너무 멀어져 먼 별처럼 캄캄합니다. 잊혀가나 봅니다. 나마저 사라지면 아버지는 어디로 가나? 이런 어린아이 같은 생각들로 초여름 한낮의 태양이 저물어갑니다.

어떤 의미에서 예술가란 자신의 작품이 세상에서 완전히 잊히지 않도록 부단히 노력하는 존재겠지요. 돈이나 다름없는 그 비싼 물감을 캔버스에 바르며, 먼저 간 춥고 배고팠던 화가 선배들의 애절한 마음을 느껴봅니다. 미치지 않고서야 그 비싼 물감을 어떻게 캔버스에 칠할 수 있을까? 예술가란 미치지 않으면 존재할 수 없는 외계인을 닮은 존재일지 모릅니다. 그렇게 완성되었거나 완성되지 않은 캔버스들은 내 어린 날의 우표 앨범처럼 차곡차곡 창고 속에 쌓여갑니다.

잠 안 오는 밤 나는 문득 언젠가 내가 그렸던 작은 그림 하나를 보고 싶어집니다. 창고 속을 아무리 뒤져도 그 작은 그림은 보이지 않습니다. 문득 컴퓨터를 뒤져 그림 목록을 찾다가 나는 그 그림을 당신에게 팔았다는 생각에 이릅니다. 문득 찾는다는 일과 기다린다는 일이 한 지점에서 만나는 이상한 경험을 하는 기분입니다. 많은 생각들이 한꺼번에 떠오르는 밤, 참 오랜만의 불면입니다. 나를 키운 건 8할이 바람이었다는 어느 시인의 시가 떠오르면서, 생각해보니 나를 키운 건 8할이 불면이었다는 엉뚱한 표제가 덩달아 떠오릅니다.

문득 뉴턴의 공식 하나가 생각나네요. "정지해있는 것은 계속 정지해있으려는 경향이 있다." 나는 시간을 멈추게 하는 공식을 찾기라도 하듯, 머릿속에 저장된 나의 그림 이미지들이 마치 전생의 기억처럼 하나씩 둘씩 나타났다 사라지는 걸 지켜봅니다. 나는 사랑하는 별 하나를 정해놓고, 밤하늘을 볼 때마다 그 별이 같은 별이기를 기도합니다. 그 별이 흘러가는 속도로, 나만의 고유한 속도로 흐르고 싶다고 생각하면서요. 며칠 전 미술관에서 보았던 '안톤 비도클'의 영상 한편이 오래도록 머릿속을 떠나지 않습니다. 부활의 장소로서의 박물관의 의미와 존재 이유를 그려낸 참 아름다운 영상이었어요. 그중 이런 구절이 생각납니다.

> "박물관은 조상숭배의 마지막 유물이다. 단지 복수를 하려는 사람만이 박물관에서 위안을 얻지 못한다. 진정한 종교는 조상숭배다, 박물관은 사랑을 통해 불멸을 이끌어낸다."

'모두를 위한 불멸'이라는 제목의 영상, 나는 그 제목이 너무 마음에 들어 하루 종일 되뇌었습니다. 모두를 위한 불멸, 너와 나를 위한 불멸, 불멸, 오직 불멸만이 내가 추구하는 하나의 명제였던 것도 같습니다.

아버지의 무덤에 노란 해바라기 조화를 가득 사서 꽂아놓고 돌아서는데, 아버지의 목소리가 들리는 것 같았습니다. "해바라기는 불멸이란다." 오래전 독일 뮌헨에 있는 '노이에 피나코텍(Neue Pinakothek)'이라는 미술관에 '빈센트 반 고흐'의 해바라기 그림을 보러 갔었습니다. 고흐의 노란 해바라기 그림이 내게 난생처음으로 불멸이라는 단어를 생각나게 했습니다. 빈센트 반 고흐는 빵 한 조각과 싸구려 압생트를 마시며 그 비싼 물감을 캔버스에 미친 듯 발랐다는 생각에 마음이 아파옵니다. 물감은 왜 밥보다 빵보다 비싼 걸까? 그 비싼 물감을 바른 수많은 그림들을 남기고 수많은 화가들이 눈을 감습니다. 그들이 남긴 그림은 쓰레기가 되기도 하고, 싸구려 풍물시장의 곰팡이 나는 벽 뒤에서 굴러다니기도 하고, 운이 좋다면 박물관에 소장되거나 경매에서 고가에 팔리기도 합니다, 그 차이를 설명하는 건 아주 어렵습니다.

나는 "나는 검색한다. 고로 존재한다"고 말해도 무방할 이 검색의 시대에 아직도 발굴되지 않은 무명의 화가가 존재한다고 생각하고 싶은 사람 중의 하나입니다. 인정받지 못해 세상의 짐이 되거나 어쩌면 자신과는 무관한 고가의 명품으로 변하는 예술품이란 참 알 수 없는 외계생물 같습니다. 실연의 고통으로 기억을 잃은 사람이 정작 사랑했던 그 사람을 몰라보는 이율배반의 '사랑'처럼요. 수십 년 탐사한다면서 정작 보통 사람들은 아무도 가본 적 없는 먼 달이나 화성 같기도 합니다.

그동안 내가 그려온 건 영원한 시간과 끝없는 공간에 대한 열망이었습니다. 아니 불멸을 향한 열망이었던 것 같습니다. 이 밤에 찾으려던 당신이 소장하고 있는 나의 작은 그림은 그 시절 내가 찾아 헤맨 그 불멸의 한 조각일지 모릅니다.

당신이 그 그림을 옆구리에 끼고 빛나는 표정으로 갤러리를 나서던 뒷모습을 상상합니다. 엉뚱한 생각이지만, 그 시절 헤어진 남편은 카지노 딜러이던 연인과 함께 등과 가슴에 불멸이라고 한문과 영어로 문신을 새겼답니다. 과연 먼 세상의 끝에서 불멸할 것은 무엇일까? 카지노도 불멸일까?

그 시절 나의 고독을 달래준 건 영어로 들려오는 라디오 클래식 채널 디제이의 낮은 목소리였답니다. 거리 구석구석 어디나 24시간 열려있는 한인 슈퍼마켓, 밤새 들리는 사이렌 소리, 불면의 밤과 함께 한 생쥐들의 부스럭거림, 그 쥐를 잡으려고 끈끈이 쥐덫을 놓았던 밤의 후회, 왜냐면 쥐덫에 걸린 쥐가 찍찍거리며 죽을 때까지 쥐덫을 끌고 다녔으니까요. 일단 가두었다가 멀리 풀어주는 쥐덫이 더 나을지, 참 어려운 선택입니다. 그 시절, 나는 그곳에 왜 그리 오래 있었을까? 한번 짐을 풀면 쉽게 짐을 싸지 못하는 집착과 미련 때문이었을까?

극장을 나서는데, 영화 한 편 보는 사이 몇십 년이 흘러간, 딱 그런 기분입니다. 나는 책을 쪼개서 들고 다니는 습관이 있습니다. 나머지 부분을 어디 두었는지 몰라서 결론을 모르고 끝내버린 소설들이 내 기억 속의 털실 뭉치가 되어 뇌 속에 엉켜있습니다. 어쩌면 소설의 결말은 나보고 내라고 숨어버린 책의 나머지 조각들, 퍼즐을 맞추듯 나머지 책의 부분을 찾기를 포기하고 나는 두뇌 속을 뒤지기 시작합니다. 어디까지 읽었더라. 그래요, 습관. 그것이 우리의 삶을 메우는 내용의 시작이지요.

문득 도리스 레싱의 단편집 《사랑의 습관》이라는 제목이 떠오릅니다. 내용은 가물거리는데 그 제목은 아직도 생생하네요. 어쩌면 우리는 사랑하는 습관으로 이 고단한 생을 버텨온 건 아닐까 하는 생각이 스치고 지나갑니다. 습관이 아니라면 그렇게 가치 없는 사랑들을 어떻게 할 수 있었을까? 개를 사랑한 기억에는 늘 미안함이 따를 뿐, 후회가 없는 것도 사실입니다. 사랑하는 습관, 그것은 우리가 버리지 못하는 삶의 끈인지도 모릅니다.

그 시절, 공기의 흐름이 정지한 듯 나른한 여름날 오후, 빈센트 반 고흐가 죽으면서 말했다는 "슬픔은 끝이 없다(sadness never ends)"라는 문구를 되새기며, 문득 영어로 들려주는 클래식 라디오 디제이의 낮은 목소리가 그즈음 딱 두 번 들은 당신의 목소리에 겹쳐지기도 했답니다. "나는 의사입니다. 당신의 그림을 좋아합니다. 그리고 얼마인가요? 이 그림을 사고 싶습니다." 이게 당신으로부터 들은 목소리의 전부인데 말이죠. 당신은 그 나른한 여름날에 수줍은 얼굴로 행운을 빈다고 말하며 손을 내밀었습니다. 나도 당신의 행운을 빈다고 말하며 당신의 손을 잡았습니다.

그날 나는 소호에 있는 안젤리카 극장에서 영화 〈바그다드 카페〉를 보았습니다. 영화 속에서 마술을 하는 뚱뚱한 여주인공이 마치 나 자신 같다는 생각을 하면서요. 외로움은 참 엉뚱한 상상을 불러일으킵니다. 낯선 당신보다 남편이었던 사람이 더 낯설게 느껴졌던 그 여름밤, 내 그림을 옆구리에 끼고 한참은 이 그림으로 인해 행복할 거 같다는 당신의 말과, 당신과 함께 이 영화를 보고 있다면 참 좋겠다는 그렇게 엉뚱한 생각에 위로를 받았다면 믿으실까요?

참 오래전의 기억입니다. 병원 주소가 적힌 명함을 우두커니 서서 한참을 바라본 적도 있었답니다. 세상 곳곳에 널려있던 공중전화 부스에 들어가 명함 속의 번호를 돌리고 싶던 날들도 내 외로운 날들의 착각이라 혼자 웃기도 했고요. 그런 상상 속의 당신이 나를 보러 온다니 참 신기한 생각이 듭니다. 이제 나는 당신의 환자여도 좋고, 내가 당신의 관광 가이드여도 좋고, 옛 친구여도 좋고, 헤어진 연인이라도 좋고, 친구의 남편이라도 좋은, 그저 반가운 사람일 뿐이랍니다. 문득 엉뚱하게도 이런 문구가 다시 떠오릅니다.

"우리가 했던 모든 일이 사랑이라면, 지금 죽어도 괜찮다."

_페르난도 페소아, 《불안의 책》

#33

다시, 바그다드 카페에서

내 친구 당신, 언제나 어디서나 잘 지내리라 믿으며, 오랜만에 소식 전합니다.

언젠가의 오래된 일기를 뒤지니 "오늘도 행복했다"라고 짧게 씌어 있더군요. 내가 쓴 건데도 그 짧은 일기가 마치 어떤 유명한 사람의 묘비명처럼 낯설게 느껴졌습니다. 어쩌면 슬프고 외롭고 힘들었던 날들 중에도 행복했던 날들이 적지 않았던 것도 같습니다.

매일매일 희망과 절망 사이에 손을 길게 뻗어 희망 쪽 버튼을 더듬거리던 기억, 어차피 다 꿈이다, 그럴 바엔 즐거운 꿈 쪽으로 버튼을 누르고 다른 생각은 안 하기로 했던 날들, 언젠가 읽었던 누군가의 시구가 떠오릅니다. "꽃은 언제 질지 모른다. 아예 그런 생각조차 안 한다. 그래서 행복하다." 그 말을 떠올리며 가만히 계절이 지나가는 소리를 듣습니다. 당신의 편지 속, 달 착륙 우표를 상상해봅니다. 그 우표는 옛날 옛적 인터넷이 없던 시절에, 어쩌면 전생의 어느 시간에 내가 하얀 봉투에 붙여 당신께 보낸 그 우표인지도 모르겠습니다.

세상의 어디나 별과 달은 같은 모양과 순서로 뜨고 집니다. 세상의 모든 사랑이 그렇듯이.

달에 첫 발자국을 내디딘 그 유명한 '닐 암스트롱(Neil Armstrong)' 말고 두 번째로 달을 밟은 '에드윈 올드린(Edwin E. Aldrin)'은 후에 〈궤도 비행 중의 랑데부에 관하여〉 라는 학위 논문에서 "고요의 바다, 장엄한 폐허에 도착하다"라고 썼습니다.

전쟁이 휩쓸고 간 이곳에 처음 왔을 때, 나 역시 장엄한 폐허의 바다를 보았습니다. 세상의 모든 사람이 다 죽고 나면 그 폐허의 바다에 도달하겠지요. 적막함 때문인지 달과 전쟁터는 많이 다르면서도 비슷하게 느껴집니다. 나는 왜 세상의 모든 적막함을 향해 스스로 걸어 들어갔던 것일까? 좋은 상대를 만나 정말 행복했다면 나는 전쟁터가 아닌 평화로운 거리에 서 있었을까? 아니 평화로운 곳이 따로 있을 리 없는, 이 무작위로 쏘아대는 총성으로 가득한 세상이라는 전쟁터에서, 당신과 내가 주고받았던 문장들은 컴퓨터라는 타임머신에 저장되어 먼 후세의 세상까지 전달될 수 있을까? 그때도 사람들은 전쟁이라는 걸 계속하고 있을까? 아무도 이해하기 어려운 우리의 만남 역시 우주비행사와 달의 만남처럼 궤도 비행 중의 랑데부는 아닐까? 편지를 쓰면서 나는 늘 문장을 고쳐 쓰곤 했습니다. 고치면 고칠수록 쓰려는 마음의 내용과 가까워지거나 오히려 더 멀어지는 불완전한 문장들처럼,

우리들의 삶도 매 순간 고쳐봤자 거기서 거기일지도 모를 일이지요.

당신과 나의 공통된 취미는 영화를 좋아한다는 것이었습니다. 그런데도 극장 한 번 같이 못 가봤네요. 따로따로 뉴욕 맨해튼의 소호 안젤리카 극장에서 같은 영화 〈바그다드 카페〉를 본 것 외에는 말이죠. 내가 마지막으로 본 영화는 〈토이 스토리〉였어요. 평론가들이 극찬을 해놓은 이 애니메이션 영화를 보면서 기가 막혀 눈물이 나왔습니다. 그 많은 장난감을 거의 다 버리고 이사 가는 풍요로운 사회의 아이들과 버려진 장난감들의 슬픈 생존기에 관한 이야기였어요. 깨끗한 물조차 제대로 먹지 못하는 아프리카나 난민 어린이들의 장난감, 알라를 외치며 전쟁에 뛰어드는 소년병들의 장난감은 총일까? 폭탄일까? 자본주의 사회의 너무나 일방적인 장난감에 대한 정의에 화가 날 지경이었습니다. 그 영화를 보고 환상적이고 독창적이며 아름답다고 쓴 전문가들과 네티즌들의 반응에 기가 막혔습니다.

장난감이란 무엇일까? 어린 시절의 외로움과 지루함을 덜어주던 장난감은 우리가 아끼고 집착하는 만큼 생명이 깃든 존재가 되기도 합니다. 마치 외로운 병사가 창녀와의 하룻밤에서 사랑을 느꼈다면 그녀는 생명이 깃든 아름다운 존재가 될 수 있을지도 모릅니다. 하지만 생각처럼 사랑은 마냥 그렇게 간단하지는 않습니다. 어릴 적 내가 좋아하던 장난감은 아버지가 사다 준 '아기사슴 밤비'였어요. 언젠가 이런 기사를 보다가 그 옛날 내가 사랑한 장난감 '밤비'를 떠올리며,

사랑이 때로는 증오만큼이나 위험할 수 있다는 생각이 들었어요.

"유럽이나 아프리카의 국립공원을 찾는 사람들은 어미가 멀리 있지 않음에도 외롭고 쓸쓸해 보여서 순한 새끼 사슴을 보면 쓰다듬어주고 싶어 한다. 사람이 다정하게 쓰다듬어주면 새끼 사슴은 더욱 온순한 모습을 보이기까지 한다. 그런데 그렇게 만지는 것이 새끼 사슴에게는 치명적인 결과를 낳는다. 처음 몇 주 동안 어미 사슴은 오로지 냄새를 통해서만 자기 새끼를 알아본다. 일단 사람의 손길이 닿고 나면 새끼 사슴의 몸에 사람의 냄새가 배어든다. 미약하지만 오염성이 강한 그 냄새는 새끼 사슴의 후각적인 신분증명서를 쓸모없게 만들어버린다. 새끼 사슴은 가족을 만나자마자 버림받는 신세가 된다. 굶어 죽는 형벌을 내리는 것과 다름없는 그런 애무를 일컬어 '밤비 신드롬' 또는 '월트디즈니 신드롬'이라고 한다."

문득 우리가 사랑의 이름으로 저질렀던 수많은 몹쓸 사랑의 기억에 미안해집니다. 꽃에게도 새에게도 기르던 개나 고양이에게도 가족에게도, 한때는 사랑한다고 믿었던 연인에게도.

내가 사랑한 어린 시절의 밤비 인형도 나의 손길에 의해 서서히 낡아갔습니다. 너무 만지고 비벼서 헤진 밤비를 어린 외과 의사가 되어 바늘로 꿰매기도 했답니다. 그런 나를 보고 아버지는 저 녀석은 의사가 되거나 구두 수선공이 될 거라고 말씀하셨죠. 가난한 이민 가족의 가장인 아버지는 아들이 의사가 되길 원하셨지만, 구두 수선공이 되는 것도 나쁘지 않을 거라고 생각하셨답니다. 자신이 행복한 구두 수선공이었으니까요. 어쩌면 아버지는 차라리 아들이 전쟁터를 떠도는 의사가 되기보다 구두 수선공이 되는 게 나았을 거라고 생각하실지도 모릅니다. 옆집 어린아이에게 선물로 주었던 나의 아기 소년 밤비는 어디로 갔을까?

문득 모든 식료품에 씌어있는 유효기간이라는 단어가 떠오릅니다. 유효기간이 지난 물건들은 선진국에서는 거의 다 파기하죠. 그걸 서로 가져가려고 애쓰는 외국인 노동자들과 난민들의 대열이 떠오릅니다. 과연 모든 것의 유효기간은 어떻게 정해지는 걸까? 목숨의 시간을 의미하는 우리들 삶의 유효기간은 어떻게 정해지는 걸까?

문득 당신을 보러 간다던 나의 부질없는 약속이 떠오릅니다. 어쩌면 삶을 이어가는 것은 계속 약속을 하는 일인지도 모릅니다. 나 자신과의 약속, 사랑하는 사람과의 약속, 가족과의 약속, 세상의 모든 사람들과의 약속, 내 안에는 나도 모르는 얼마나 많은 내가 살고 있었는지. 어쩌면 내 안에는 현실에 적응하지 못하는 현실도피자, 거창한 인류애를 코에 걸고 단 한 사람도 제대로 사랑하지 못한 사랑의 패배자, 당신을 만나러 간다고 한 그 하찮은 약속도 지키지 못한 약속 불이행자, 곧 뵈러 간다고 약속한 부모님께도 약속을 못 지킨 불효자가 되고 말았습니다. 어디서 들었는지 기억이 희미한 이런 구절이 떠오릅니다. "견뎌라, 삶이여. 저 들판이 계절의 흐름을 견뎌내듯이."

일하지 않는 시간, 환자를 돌보는 일에 몰두하지 않는 시간들을 나는 어떻게 견디어냈던 것일까? 이제야 사랑하는 습관으로 버티는 바람둥이형 인간들을 이해할 것도 같습니다.

아내를 버리고 동성의 연인에게 가버렸던 당신의 전남편도, 세상의 모든 소음을 귓속에 담고 괴로워하던 당신의 언니도, 한국인과 아랍인의 혼혈로 한국에서 태어나 IS에 가담해 전쟁터로 떠났던 간호사 아가씨의 연인도, 다 이해할 것 같습니다. 내 안에 그들이 다 함께 살고 있었으니까요. 어쩌면 생의 마지막 순간에 우리가 가장 하고 싶은 일은 아침에 일어나 커튼을 여는 일, 그 환함을 가슴 가득히 받아들이는 일, 향긋한 커피를 내리는 일, 화분에 물을 주는 일 등, 아주 시시하고 평화로운 일상일지 모릅니다.

미안합니다. 당신을 만나러 간다는 약속을 지키지 못해서. 당신의 친구 간호사 아가씨가 큰일을 당해 너무 놀란 나머지 거의 먹지도 못하고 말문도 열지 못하는 상태로 몇 날 며칠을 앓다가, 어느 날 아침 거짓말처럼 벌떡 일어나 산책을 하고 싶다고 하더군요. 그리고는 엉뚱하게도 결혼식장에 데려다 달라는 거였어요. 왜냐고 물으니 전날 밤 꿈에 IS에 가담해 떠났던 그 옛 애인이 나타나 너도 죽고 나도 죽자며, 카불의 어느 결혼식장에서 만나자고 했답니다. 그녀는 그가 폭탄 테러를 계획하는 것 같으니 가서 말려야 한다고 했어요. 미리 가서 불행을 막아야 한다는 말도 안 되는 것 같은 그녀의 꿈 이야기를 듣는 둥 마는 둥 하며, 바람도 쐬어줄 겸 마침 젊은 동료 의사의 결혼식에 그녀와 같이 갔습니다. 그곳에 들어서니 이미 많은 사람들이 앉아 있고. 신랑과 신부가 이슬람식 결혼식을 올리는 중이었어요. 멀리서 정말 간호사 그녀의 옛 애인인 듯한 청년이 군중 속에서 그녀를 알아본 듯 자신의 몸을 날렸고, '펑' 하는 소리와 함께 폭탄이 터졌어요. 그 다음은 잘 생각이 나지 않아요. 아니 그 순간 이후, 나와 당신의 친구는 이 세상에 없는 사람들이 되었으니까요. 장황하게 설명하니 눈물도 나지를 않네요. 저승에서는 아무도 울지 않는답니다.

다들 이곳으로 온다는 걸 알기 때문이겠지요. 이곳에서의 며칠, 약속을 지키지 못한 채 세상을 떠났지만, 아직도 '바그다드 카페'에서 당신을 기다립니다. 바그다드 카페는 이제 세상의 모든 곳에 존재합니다. 어쩌면 서울의 어느 모퉁이에 당신과 나의 영혼을 닮은 한 쌍이 오늘 개업을 했을지도 모르겠군요. 거기 가서 나는 커피 한 잔을 주문하고, 시리아사막의 오아시스, '바그다드 카페'에 엉뚱하게 걸려있던 당신의 그림이 그곳에도 걸려있는 걸 봅니다.

내가 갖고 있던 당신의 그림은 아마도 내 부모님께 전해지겠지요. 그 뒤로도 오래도록 누군가의 방에 걸려있을 겁니다. 그 사연을 알지도 못한 채, 그 방의 주인은 그림을 팔거나 선물하거나 또 누군가에게 물려주겠지요, 그렇게 당신의 그림은 당신을 향했던 내 인생의 행복한 시간의 기억으로, 세상의 모든 사람들이 다 세상을 떠날 때까지, 이 지구의 마지막 날까지 영원할 겁니다.

어쩌면 이런 식의 감정이 사랑일 수 있다면, 나는 당신을 많이 사랑했는지도 모릅니다.

《불안의 책》의 한 구절이 떠오릅니다.

"더 좋은 시절의 왕자여. 나는 한때 당신의 공주였고, 우리는 다른 종류의 사랑으로 서로를 사랑했다. 그 기억은 지금도 나를 아프게 한다."

어쩌면 우리가 나눈 편지의 내용이 다 '불안의 책'은 아니었는지, 아니 인간의 역사가 다 불안의 역사는 아닐는지, 다시 이런 구절이 떠오릅니다.

"인생은 부질없는 것을 통해 불가능한 것을 추구하는 여정이다(가브리엘 타르드)."

그리고 그 길고 지루하고 끝이 없는 우리들 인생의 불안을 묘사한

'불안의 책' 속에서 나는 많은 위안을 느꼈다는 걸 고백합니다. 몸과 마음을 지닌 모든 생물은 아프고 괴로운 가운데, 드물게 작은 행복들을 누리다가 결국 이승을 떠날 수밖에 없다는 단 하나의 진실을 위해 기도합니다. 나를 위해 기도해주세요. 아니 당신을 위해 기도합니다. 한순간도 신을 믿지 않았던 나는 이제야 신이 있을지도 모른다고 상상합니다.

어쩌면 정말 신은 나를 위한 당신의 기도로 인해 존재할지도 모르니까요.

WAR IS
OVER